Wolfgang Kanert
Lessingstr. 41
61184 Karben

Christoph Hein
Der Tangospieler

DIE KLEINE REIHE

# CHRISTOPH HEIN

# DER TANGOSPIELER

ROMAN

BÜCHERGILDE GUTENBERG

Lizenzausgabe für die Büchergilde Gutenberg,
Frankfurt am Main, Wien,
mit freundlicher Genehmigung des
Luchterhand Literaturverlags, Frankfurt am Main

Reihengestaltung Heinrich Thomas, Heidesheim
Herstellung Margot Mayer, Dietzenbach-Steinberg
Satz Utesch Satztechnik, Hamburg
Druck R. Oldenbourg Graphische Betriebe, Kirchheim
Bindung Großbuchbinderei Monheim, Monheim
Printed in Germany 1990 ISBN 3 7632 3798 4

Am Tage seiner Entlassung konnte Dallow seine Finger nicht bewegen. Sie waren steif und kalt und wie gelähmt. Die Beamten legten ihm vier Papiere vor, die er unterschreiben sollte. Dallow klemmte den Stift zwischen Daumen und Zeigefinger und krakelte mühselig seine Unterschrift.
»Was ist mit Ihrer Hand?« fragte der Beamte, der vor ihm saß und ihm zusah.
»Nichts«, entgegnete Dallow, »den Fingern ist der Schreck in die Knochen gefahren.«
»Sie meinen, das macht die Aufregung?«
»Wenn ich das meinte, hätte ich es gesagt«, erwiderte Dallow.
Der Beamte sah ihn an und überlegte.
»Sie müssen noch zum Arzt«, verkündete er dann.
Dallow schüttelte den Kopf. »Das ist nicht nötig. In ein paar Minuten haben sich die Finger daran gewöhnt. Man muß das einfach nicht beachten.«
»Wie Sie wollen. Aber dann unterschreiben Sie mir das noch.«
Er schob ein weiteres Papier zum Unterschreiben über den Tisch. Dallow klemmte wieder den Stift zwischen die Finger und malte mit vorgeschobener Zungenspitze seinen Namen auf das Papier. Dann betrachtete er sein Werk, es sah aus wie die Unterschrift eines Achtjährigen. Er nickte zufrieden.
»Was sind Sie von Beruf, Dallow?« fragte der Beamte. »Hier steht Pianist, in meiner Akte steht Oberassistent.«
»Es trifft beides zu.«
»Das ist keine Antwort«, sagte der Beamte geduldig. »Also was ist Ihr Beruf?«
»Pianist«, sagte Dallow, »ich bin als Pianist zu Ihnen gekommen und nicht als Oberassistent. Schreiben Sie: Pianist.«

Dallow stand mit hängenden Armen vor dem Schreibtisch und wartete darauf, gehen zu können. Die Finger der rechten Hand waren vollkommen weiß.
»Wie die Wachsfinger eines Heiligen«, stellte Dallow laut fest.
Der Beamte sah auf. Er erwiderte nichts, als er Dallow ansah, sondern schüttelte nur müde den Kopf und seufzte vernehmlich.
Als ihm die Tür zur Straße aufgeschlossen wurde, erkundigte er sich nach dem Weg zum Bahnhof. Er ging in die angegebene Richtung, seine Tasche hielt er unter den Arm geklemmt.
Die Stadt, in der er neunzehn Monate lang hatte leben müssen, sah er sich nicht an. Er wußte, sie gefiel ihm nicht, sie konnte ihm nicht gefallen. Er trug einen Sommermantel und helle Stoffschuhe, und da es Februar war und eiskalt, fror er.
Am Bahnhof ging er zum Schalter und verlangte eine Fahrkarte nach Leipzig.
»Zweiter Klasse?« fragte der Beamte.
»Nein, ich fahre erster Klasse«, sagte Dallow.
»Dann müssen Sie zwei Stunden warten«, sagte der Schalterbeamte, »der Zehn-Uhr-Zug hat nur zweiter Klasse.«
»Ich kann nicht warten.«
Dallow kaufte eine Karte, sah sich die handschriftlichen, mit schwarzer Tinte geschriebenen und verblaßten Abfahrtzeiten an und ging in die Mitropa-Gaststätte.
Die Kellnerin, eine ältere Frau im weißen Kittel, über den sie sich ein Küchenhandtuch gebunden hatte, brachte ihm einen dünnen Kaffee und kassierte sofort. Dallow sah ihr an, sie ahnte, woher er kam.
Am Büfett kaufte er sich Zigaretten. Er rauchte drei hintereinander. Es wurde ihm leicht schwindlig, er empfand es als angenehm.
Er betrachtete die wenigen Frauen, die zwischen den Männern an den Tischen saßen. Er sah sie an und versuchte sich vorzustellen, er schliefe mit ihnen. Er hatte gehofft, dieses Spiel

würde ihm Spaß machen, aber die Frauen gefielen ihm alle nicht. Er sagte sich, daß man vormittags in einer Bahnhofsgaststätte nichts anderes erwarten könne, zumal an einem kalten Februarmorgen, der voll von schmutzigem Schnee war.
Er sah auf die Normaluhr über der Ausgangstür, dann stand er auf, knöpfte den Mantel zu und ging hinaus. Am Zeitungskiosk kaufte er sich eine dünne Zeitung und ein Sportblatt, es war alles, was an aktuellen Tageszeitungen vorrätig war.
Auf den Treppenstufen der Unterführung lag Schnee. Dallow streifte mit einer Hand das Treppengeländer, als er hinab- und dann wieder hinaufstieg. Er fror.
Der Zug kam zehn Minuten zu spät an. Dallow stieg ein und setzte sich in eins der leeren, dreckigen, verrauchten Coupés. Als er bemerkte, daß der Waggon nicht geheizt war, stand er auf und lief durch den Zug auf der Suche nach einem angenehmeren Sitzplatz. In einem geheizten, aber überfüllten Waggon stellte er sich an ein Fenster im Gang. Er las die beiden Zeitungen, dann starrte er hinaus auf die vorbeigleitende weiße Landschaft.
In Leipzig erwartete ihn niemand. Er hatte seine Ankunft keinem angekündigt. Er hatte daran gedacht, aber er wußte nicht, bei wem er sich hätte melden können. Trotzdem versuchte er, den Bahnsteig und später auf der Treppe die Vorhalle zu überblicken. Er starrte in die Gesichter der Vorübergehenden.
Vor dem Bahnhof sprach er ein ihm unbekanntes Mädchen an und lud sie zum Essen ein. Das Mädchen, er vermutete, sie sei eine Studentin, war überrascht. Sie betrachtete ihn eingehend, aber freundlich, dann wandte sie sich wortlos ab und ging einige Schritte weiter. Dallow sah ihr mit einem vagen Gefühl des Bedauerns hinterher. Er fühlte sich nicht gekränkt.
Er überquerte die Straßenbahngeleise rechts vor dem Bahnhofsvorplatz und betrat das Hotel Astoria. Ein Kellner, der ihn erkannte, führte ihn zu einem der freien Tische.
»Sie waren lange nicht bei uns«, sagte er zu Dallow, als er ihm

die Karte reichte. Dallow nickte, ließ sich ein Essen empfehlen und bestellte dazu eine ganze Flasche Wein. Dann sah er sich nach ihm bekannten Gesichtern um und war jetzt zufrieden, nur Fremde zu sehen. Er versuchte, langsam zu essen, aber er war es nicht mehr gewohnt und mußte sich dazu zwingen. Nach dem dritten Glas Wein bemerkte er eine Wirkung des Alkohols und bestellte Kaffee.
Ein Stunde später bestieg er vor dem Hauptbahnhof eine Straßenbahn der Linie 11. Wiederum hielt er Ausschau nach Bekannten. Dabei bemerkte er, wie ihn verschiedene Fahrgäste musterten. Er vermutete, daß seine unpassende Kleidung daran schuld war.
Als die Straßenbahn Dölitz erreichte, betrachtete er interessiert die Straßen. Er suchte nach Veränderungen,er wollte nach der langen Zeit seiner Abwesenheit das Bild der ihm vertrauten Wohngegend korrigieren, wo es notwendig war. Es fiel ihm jedoch nichts Ungewöhnliches auf, alles schien unverändert zu sein. Als die Straßenbahn am Kindergarten hielt, stieg er aus und lief die kleine Querstraße hoch zu seiner Wohnung. Er schloß die Haustür auf und schaltete das Flurlicht ein. Der Briefkasten mit seinem Namensschild war übervoll. Er nahm die Zeitungen und Briefe heraus, dann ging er die wenigen Schritte zu seiner Wohnung hoch. Er schloß die Wohnungstür auf. Erleichtert stellte er fest, daß beide Schlösser funktionierten. Er registrierte auch, daß er, ohne zu überlegen, für jedes Schloß den richtigen Schlüssel gewählt hatte.
Er ging ins Bad, in die Küche und in beide Zimmer und öffnete alle Fenster. Dann bemühte er sich, die Gasheizung anzustellen. Offenbar war das in den Leitungen befindliche Gas nicht mehr ohne weiteres entflammbar. An jedem Gerät mußte er lange den Zündknopf gedrückt halten, ehe ein Gas ausströmte, das er mit dem Streichholz entzünden konnte. Er drehte die Regler an den Geräten ganz auf. Dann verschloß er die Fenster in allen Räumen. Er ging in die Küche und stellte den Wasser-

hahn an, um das Wasser ablaufen zu lassen. Er öffnete die Kaffeebüchse. Der Kaffee darin schien ihm dunkler als gewöhnlich zu sein. Dennoch löffelte er etwas in eine Kanne und setzte Wasser auf. Er öffnete die Speisekammer, den Kühlschrank und den Küchenschrank, nahm die wenigen Vorräte in die Hand, um an ihnen zu riechen und notfalls vorsichtig und mißtrauisch von ihnen zu kosten. Alles, was ihm verdächtig erschien, warf er in den mit einer schwärzlichweißen Pilzschicht bewachsenen Mülleimer.
Ihm fiel der Staub auf. Er bemerkte ihn zuerst am Küchenschrank, dann auf dem schwarzen Klavier und allen Möbeln. Ein sehr feiner Staub, der erst sichtbar wurde, wenn er mit den Fingern über das Holz glitt. Er brühte sich Kaffee und ging mit der Kanne und einer Tasse ins Wohnzimmer. Er knöpfte den Mantel auf, zog ihn jedoch nicht aus. Er goß sich Kaffee ein. Dann setzte er sich und sah die Briefe durch. Zwei Briefe waren von der Wohnungsverwaltung, einer von der Elektrizitätsgesellschaft. Die restlichen Briefe sah er durch, ohne sie zu öffnen.
Die Zeitungen waren vom Oktober, vom 24. bis 31. Oktober. Daraus schloß er, daß Rita die Wohnung am 23. oder am Morgen des 24. Oktober verlassen haben mußte. Er blätterte in den alten Zeitungen. Die Nachrichten, so schien ihm, mußten schon damals weniger bedeutend gewesen sein als sie vorgaben.
Ihm wurde warm. Er zog den Mantel aus, ging ins Badezimmer und heizte den Badeofen an. Die einzelnen Blätter der Zeitungen knüllte er zusammen, steckte sie in das Feuerloch und stapelte die wenigen Holzscheite darüber, die er im Kohleeimer fand. Später las er, in der Wanne liegend, Briefe, die so alt waren, daß ihr ganzer Reiz für ihn darin bestand, ihn nicht rechtzeitig erreicht zu haben. Wenn er sie gelesen hatte, faltete er sie zu Schiffchen und setzte sie auf das Badewasser.
Nachdem er sich für eine Stunde hingelegt hatte – er schlief

schlecht, das Zimmer war bald überheizt, und er hörte im Schlaf beständig das Zuschlagen eiserner Türen –, stand er auf, ging an den Kleiderschrank und suchte frische Wäsche und einen Anzug heraus. Als er angezogen war, hatte er das Gefühl, kostümiert zu sein, und der Blick in den großen Schrankspiegel schien ihm das zu bestätigen. Die Gewohnheiten ändern sich schnell, dachte er, und band die Krawatte um.
Plötzlich riß er alle Schranktüren auf und durchstöberte die Regale. Er versuchte herauszufinden, was Rita mitgenommen hatte, was sie von seinen Sachen hatte mitgehen lassen, als sie vor anderthalb Jahren hier ausgezogen und ihm ihren Abschied in einem sehr kurzen Brief mitgeteilt hatte. Damals hatte er lediglich ausgespuckt, den Brief zerknüllt und beschlossen, keinen Gedanken an sie zu verwenden.
So plötzlich, wie er die Suche begonnen hatte, brach er sie ab. Es war zwecklos, begriff er. Er erinnerte sich kaum daran, was er alles besaß. Seine Suche nach möglicherweise entwendeten Gegenständen brachte lediglich überraschende, ihn verwirrende Dinge zum Vorschein, die er längst vergessen hatte und bei denen er vergeblich zu ergründen suchte, wie sie in seinen Besitz gelangt waren.
Er setzte sich, stand aber sofort wieder auf und suchte nach einem Schlüssel in der Schublade seines Schreibtisches. Er verließ die Wohnung, ging durch den Keller in den Hof zu den Garagen. Er öffnete eins der Tore und schaltete das Licht ein. Verstaubt und mit einem platten Reifen stand dort sein Auto. Er schloß die Tür auf, setzte sich auf den Fahrersitz und versuchte zu starten. Der Motor rührte sich nicht. Das hatte er erwartet. Eine Zeitlang blieb er im Wagen sitzen, strich über das Lenkrad, legte die Kupplung ein, schaltete an den Knöpfen. Er lehnte sich zurück und lächelte. »Du hast mir gefehlt«, sagte er zu dem Auto, »du und die Weiber.«
Er öffnete die Kühlerhaube, füllte die Batterie nach und schloß sie an das Ladegerät. Er achtete darauf, daß er seinen Anzug

nicht beschmutzte. Dann schloß er die Garage ab und ging in die Wohnung zurück. Er wusch sich gründlich die Hände. Danach zog er den Wintermantel an, setzte die Wollmütze auf und verließ die Wohnung. Er sah keinen seiner Nachbarn, als er zur Haltestelle der Straßenbahn ging, um wieder ins Stadtzentrum zu fahren.

In der Innenstadt lief er am Opernhaus vorbei durch die Grimmaische Straße bis zum Thomaskirchenhof. Langsam ging er durch die Petersstraße und betrachtete die Auslagen der Geschäfte. Er lief so langsam, daß er mehrmals zur Seite gestoßen wurde. Die Frauen waren dick vermummt und in Eile, er sah von ihnen kaum mehr als die Augen. Am Kino blieb er länger stehen, betrachtete die Fotos und las das städtische Kinoprogramm im Aushang. Die Titel sagten ihm nichts, er kannte keinen der angekündigten Streifen, das freute ihn. Die ihm unbekannten Filme versprachen Unterhaltung. Nun schien ihm, daß sich doch etwas geändert hatte in den einundzwanzig Monaten seiner Abwesenheit.

Er ging die Schloßgasse zum Dittrichring hinunter und betrat das Café, in dem Harry arbeitete. Die Tische waren alle besetzt. Er lief durch den unteren Raum und stieg die wenigen Stufen hoch, die zu den oberen Tischen führten und zur Bar. Auch hier war alles besetzt. Am einzigen großen Tisch des Cafés entdeckte er seinen Verteidiger. Er ging zu ihm, und erst, als er direkt vor ihm stand, sah er, daß auch sein Richter an diesem Tisch saß. Der Verteidiger wirkte nervös, als Dallow ihn begrüßte. Er stand auf, gab Dallow die Hand und erkundigte sich nach seinem Befinden. Dallow nickte nur lächelnd. Da die am Tisch sitzenden Bekannten des Verteidigers ihr Gespräch unterbrochen hatten und zu ihnen sahen, fühlte sich der Anwalt genötigt, Dallow vorzustellen. »Wir kennen uns«, sagte Dallow zum Richter, »Sie sind Doktor Berger.«

»Richtig«, erwiderte der Mann, »ich kann mich aber leider nicht erinnern . . .«

»Vor anderthalb Jahren haben Sie mich verurteilt«, unterbrach ihn Dallow.
»Dallow, Dallow«, wiederholte der Richter den genannten Namen. Er dachte nach.
»Einundzwanzig Monate«, sagte Dallow, um ihm zu helfen, »unter Anrechnung der Untersuchungshaft.«
Nun erinnerte sich der Richter. »Richtig, ich habe vor ein paar Tagen Ihre Akte auf den Schreibtisch bekommen. Wollen Sie mich sprechen?«
Dallow schüttelte den Kopf.
»Was wollen Sie von mir?« fuhr der Richter fort und wurde lauter. »Fühlen Sie sich ungerecht behandelt? Haben Sie Forderungen zu stellen? Dann lassen Sie sich in meinem Büro einen Termin geben. Melden Sie sich bei meiner Sekretärin.«
»Ich will Sie nicht sprechen«, erwiderte Dallow. »Und warum suchen Sie mich hier auf? Warum verfolgen Sie mich?« sagte der Richter ungläubig.
»Ich will Sie nicht sprechen«, wiederholte Dallow, »ich sah Herrn Kiewer und wollte ihm guten Tag sagen.«
Dr. Berger schnaufte unzufrieden und nahm sein Glas in die Hand. Herr Kiewer, der Verteidiger, war verlegen und unschlüssig, ob er weiter neben Dallow stehen oder sich wieder zu dem Richter setzen sollte. Er sagte zerstreut zu Dallow, daß man sich gelegentlich einmal sehen sollte, klopfte ihm auf die Schulter und setzte sich wieder neben den Richter.
Dallow stellte sich an die Bar. Die Barfrau kannte er nicht. Als sie sich zu ihm wandte, bestellte er einen Kaffee und fragte sie nach Harry.
»Er ist nicht da«, sagte sie, »er hat Abenddienst.«
Sie trug ein weites Seidenkleid, das vorn geknöpft war. Ihr Haar war hochgesteckt und wirkte unsauber. Die stark geschminkten, mageren Wangen riefen bei Dallow eher Mitleid als Interesse hervor. Er schätzte sie auf Anfang dreißig. Sie sieht billig aus, dachte er.

Als sie ihm den Kaffee brachte, sagte sie: »Harry ist jetzt da. Er ist beim Chef oben.«
»Danke«, sagte Dallow. Er setzte sich auf einen der freigewordenen Barhocker, drehte den Rücken zur Theke und betrachtete die Gäste. Er vermied es, zu dem Tisch zu sehen, an dem der Richter und sein Verteidiger saßen. An zwei Tischen entdeckte er Gesichter, die ihm bekannt schienen, aber er mühte sich vergeblich, die Personen wiederzuerkennen. Er bemerkte, daß er der einzige Gast war, der einen Anzug trug. Und da ihm der Anzug ungewohnt und wenig bequem war, verstärkte sich sein Gefühl, unangemessen gekleidet zu sein. Er wandte sich ab und drehte sich zur Theke um. Die beiden Männer, die neben ihm an der Bar saßen, diskutierten laut miteinander über Politik. Er sah kurz zu ihnen, blickte in junge, unreife Gesichter. Studenten, dachte Dallow und verzog den Mund.
Unausgesetzt blickte er das Barmädchen an. Er bestellte Wein und einen weiteren Kaffee. Immer wieder sah er auf die Knöpfe des Seidenkleides, auf ihre Brüste. Als sie ihn anlächelte, schaute er auf seine Hände. Sie nahm die leeren Gläser von der Bar und ließ sie in das Wasserbecken fallen.
»Was ist mit Ihnen?« fragte sie dabei halblaut. »Haben Sie noch nie eine Frau gesehen?«
Dallow sah auf. Die Frau hatte sich über das Wasserbecken gebeugt und spülte die Gläser. Für einen Moment war er unschlüssig, ob sie ihn gefragt hatte.
»Das schon, aber es ist lange her«, sagte er ebenso leise.
Sie blickte ihn an und stieß dabei weiter die Gläser ins Wasser.
»Und?« fragte sie. »Gefalle ich Ihnen?«
»Ich weiß es noch nicht«, erwiderte er. Die Barfrau war von seiner Antwort überrascht. »Sie wissen es nicht?« sagte sie, »was müssen Sie denn dazu wissen?«
»Ich wollte sagen, ich bin mir darüber nicht im klaren.«
Die Frau betrachtete ihn abschätzig. Sie schüttelte kurz und verständnislos den Kopf.

»Trinken Sie Ihren Wein aus und lassen Sie mich in Frieden.«
Sie ging zum Kühlschrank, nahm eine Eisschale heraus. Mit einem Messer löste sie die Eiswürfel. Dallow sah weiterhin unverwandt auf ihre Brüste. Neben ihm diskutierten die beiden Männer noch immer über Prag und Dubček. Sie sprachen so laut miteinander, daß sich Dallow beim Betrachten der Brüste gestört fühlte.
Durch die Pendeltür, die in die Küche führte, kam ein Kellner. Mit einer Zigarette im Mundwinkel stellte er sich neben Dallow an die Bar und betrachtete die Gäste. Er trug wie die anderen Kellner einen weinroten Frack, aber seiner war alt und glänzte bereits. Auch wirkte er für den übermäßigen Bauch des Kellners zu klein und beengend.
»Guten Tag, Harry«, sagte Dallow, ohne aufzusehen.
Der Kellner brauchte einige Sekunden, ehe er ihn erkannte. Dann legte er Dallow einen Arm um die Schulter und begrüßte ihn.
»Seit wann bist du ...«
»Heute morgen«, unterbrach ihn Dallow.
»Und wie war es?« fragte der Kellner zögernd. Es schien, als suche er dabei nach Worten.
»Das ist alles schon vergessen«, sagte Dallow und lächelte den Kellner an. »Verlorene Zeit, nicht der Mühe wert, sich daran zu erinnern.«
Harry nickte zustimmend.
»Und was gab's hier?«
Der Kellner überlegte und machte dann eine abwehrende, vieldeutige Handbewegung.
»Du bist fett geworden, Harry.«
Der Kellner verzog schmerzlich das Gesicht. »Vermutlich habe ich in den letzten Jahren besser gegessen als du«, sagte er.
Dallow stimmte ihm zu.
»Wer ist das Mädchen? Ich kenne sie nicht.«
»Christa, die Tochter vom Chef. Der Alte hat nacheinander

drei Barmädchen hinausgeworfen, weil sie ihn betrogen hatten. Jetzt hat er der Tochter die Bar gegeben, obwohl sie keine Ahnung vom Geschäft hat. Ich mußte ihr alles beibringen, diesem dummen Stück. Das einzige, was sie wirklich gut kann, ist, mit ihren Gästen ins Bett zu gehen und ihren alten Herrn zu betrügen. Und der Alte merkt's nicht oder will's nicht merken.«

Er sprach halblaut und lächelte dabei die Barfrau an. Dann wandte er sich zu Dallow und sagte grinsend: »Im Moment wär sie wohl gerade das Richtige für dich.« Da Dallow nichts erwiderte, fragte er: »Willst du einen Tisch?«

Dallow nickte.

»Warte noch einen Moment, es wird gleich etwas frei. Heute geht alles auf meine Rechnung. Du bist heute mein Gast.«

Er tätschelte Dallows Rücken.

»Und Rita?« fragte er dann. »Was macht sie?«

»Ich weiß es nicht«, sagte Dallow, »ich habe sie nicht mehr gesehen. Sie hat sich von mir getrennt, kurz nach meinem Prozeß.«

»Weiber«, sagte der Kellner abfällig, »es ist immer das gleiche.«

»Ich weine ihr nicht nach«, sagte Dallow verbittert.

Harry nickte zustimmend.

»Das ist richtig. Es lohnt nicht«, sagte er. Und nach einer Pause fragte er: »War es sehr schlimm da drin?«

»Ich lebe noch«, sagte Dallow gleichmütig.

Der Kellner nickte wieder. Er beugte sich zu Dallow vor und sagte: »Ich habe dir immer gesagt, wer so schlecht Klavier spielt wie du, kommt eines Tages ins Gefängnis.«

Er lachte selbst sehr herzlich über seinen Scherz. Dann klopfte er Dallow nochmals auf den Rücken, ging zu den Tischen, begrüßte einige Gäste mit Handschlag und fragte nach ihren Wünschen. An dem großen, runden Tisch, an dem auch Dallows Verteidiger und sein Richter saßen, blieb er für längere

Zeit stehen und erzählte etwas. Da die Männer auflachten und zu Dallow sahen, vermutete er, daß Harry seinen Scherz dort wiederholt hatte. Er wandte sich zur Bar und trank sein Weinglas aus.
Eine Viertelstunde später brachte Harry ihn zu einem kleinen Tisch, der freigeworden war. Eine Frau, die sich zu ihm setzte, verärgerte Dallow durch einsilbige Antworten und unfreundliches Schweigen. Sie ließ sich bald von einem ihrer Tänzer von dem Tisch fortholen. Dallow beobachtete den Richter, der etwas angetrunken wirkte. Er war verwundert, daß er ihm jetzt wie ein gemütlicher, rundlicher Kleinbürger erschien, der am Wochenende seinen Vorgarten pflegt und sein Auto putzt. In der Gerichtsverhandlung vor zwei Jahren wirkte er kühl, überkorrekt und eifernd. Er sah den gekrümmten Rücken des Richters, das schlecht rasierte Nackenhaar, die großen rötlichen Ohren und erinnerte sich an die dümmliche Ironie, mit der der Richter damals seine Fragen gestellt hatte.
Kurz vor Mitternacht wollte Dallow bezahlen, aber Harry ließ es nicht zu und wiederholte, daß er sein Gast sei. Sie verabschiedeten sich mehrmals. Der Kellner brachte ihn zur Garderobe, und Dallow mußte ihm versichern, bald wiederzukommen. Mit der Straßenbahn fuhr er nach Hause. Er legte sich sofort ins Bett.

Den ganzen nächsten Tag verbrachte Dallow in der Garage, um sein Auto fahrbereit zu machen. Er sah den Motor durch, schloß die Batterie an, wechselte eins der Räder und reinigte das Fahrzeug. Mittags unterbrach er die Arbeit, um auf die Bank zu gehen, Lebensmittel einzukaufen und in einer kleinen Gaststätte in der Nähe des Ausstellungsgeländes zu essen.
Es dunkelte bereits, als er den Wagen endlich starten konnte und auf der von Bahnschienen und Frost zerstörten Straße aus der Stadt fuhr. Hinter Wachau parkte er das Auto an einem kleinen Waldstück. Er versuchte, in den Wald hineinzugehen,

aber von den dicht stehenden, verschneiten Nadelbäumen fiel bei seinen ersten Schritten Schnee auf ihn herab, so daß er es schnell aufgab. Er lief auf der Landstraße das Wäldchen entlang. Wenn Autos an ihm vorbeifuhren, trat er auf den beschneiten Randstreifen und wandte das Gesicht ab, um nicht geblendet zu werden. Die kalte Luft rötete Wangen und Nase. Als er ans Ende des Waldstücks kam, spürte er den eisigen Wind und kehrte um. Er ging zum Auto zurück und dann wieder den gleichen Weg bis zum Ende des Wäldchens. Immer wieder lief er das gleiche Stück Landstraße auf und ab. Er wollte sich über die vielen Ungewißheiten, die unbestimmten, ungefähren Gedanken klar werden, die ihn fortgesetzt beschäftigten, ohne daß er fähig war, sie auch nur ansatzweise zu formulieren.

In den letzten einundzwanzig Monaten hatte er unentwegt über sich nachgedacht. Die kleine Zelle, die eingeschränkten Möglichkeiten sich abzulenken und zu zerstreuen, die wenigen Menschen, die er zu Gesicht bekam, und der streng geregelte Alltag, der keine Ausnahmen und Überraschungen kannte, hatten ihn – erst unbewußt und später gegen seine Absicht und seinen Willen – genötigt, sich immer wieder mit sich selbst zu befassen. Diese Überlegungen, er bemerkte es bald, drehten sich im Kreis. Es gab keinen sinnvollen Entschluß zu fassen, keine seiner Überlegungen hatte eine praktische Folge, und so blieb es nicht aus, daß sich auch seine Gedanken verwirrten und bald nicht mehr in Worten ausdrücken ließen. Die Überlegungen blieben auf halbem Wege stecken und füllten seinen Kopf mit einem unklärbaren Gemisch merkwürdiger, ihn selbst beunruhigender Bruchstücke. Gelegentlich erschien ihm ein Ansatz hoffnungsvoll, und er klammerte sich energisch an ihn, aber sei es, weil er sich täuschte, sei es, weil er sich allzu heftig an ihn klammerte, oder weil er inzwischen die Fähigkeit, logisch und sorgsam etwas zu einem brauchbaren Ende zu denken, verloren hatte, er fand sich bald in seiner anfänglichen

Aussichtslosigkeit wieder. Er entschloß sich, jedes Nachdenken auf die Zeit nach seiner Haft zu verschieben. Dennoch überkam ihn mehrfach die Angst, wahnsinnig zu werden.
Und nun war er frei, und der einzige Entschluß, der ihm klar und einleuchtend erschien, war seine Entscheidung, die vergangenen Monate so rasch wie möglich zu vergessen. Er wollte nicht daran denken, und er wollte vor allem nicht darüber reden. Er wollte die Zeit aus seinem Gedächtnis löschen, um sich von ihr zu befreien. Die Inhaftierung hatte er nie als Strafe empfinden können, sondern allein als eine Kränkung und einen nicht wiedergutzumachenden Verlust von Zeit. Aber er hatte die beiden Jahre hinter sich gebracht, ohne verrückt zu werden, und er wollte künftig keine Minute mit einem nutzlosen Grübeln über die Haft und die unwürdigen Umstände, unter denen er im Gefängnis zu leben gezwungen war, verlieren.
Die Schuhe waren bald durchnäßt, und er spürte, wie die Kälte in seine Ohren zwickte.
Nach den einundzwanzig Monaten fühlte er nichts als eine große, betäubende Leere im Kopf. Er war ratlos, dieses Wort kreiste immer wieder in seinem Kopf, und ihm war, als sei in ihm eine metallene Saite hart angerissen worden und ein nicht nachlassendes, gleichmäßiges Dröhnen drücke gegen seine Schädeldecke. Ihn überfiel die Angst, taub zu werden.
Er ging zum Auto zurück und stieg ein. Auf der Heimfahrt freute ihn der gleichmäßig laufende Motor seines Wagens. Die Maschine hatte die beiden Jahre der unfreiwilligen Ruhestellung unbeschadet überstanden. Sie arbeitete störungsfrei und zuverlässig. Beispielhaft, dachte Dallow, ich sollte mir mein Auto zum Vorbild nehmen.
Zu Hause wechselte er die Schuhe. Dann stellte er sich im Badezimmer vor den Spiegel und kämmte sich lange. Danach überprüfte er seine Barschaft und zog sich den Mantel über. Mit der Straßenbahn fuhr er ins Stadtzentrum. Es war fast zehn Uhr, als er die Nachtbar eines Hotels betrat, einem Kell-

ner Geld zusteckte und zu einem freien Tisch geführt wurde. Die Musik war sehr laut, und Dallow hatte Mühe, in dem mit spärlichem farbigen Licht erhellten Raum etwas zu erkennen. Eine Stunde nach Mitternacht begleitete er eine junge Frau in ihre Wohnung. Im Korridor lag auf einer Matratze ein vierjähriges Kind, das bei ihrem Kommen verschlafen auffuhr.
»Schlaf weiter«, sagte die Frau und fuhr dem Kind übers Haar. Sie führte Dallow rasch ins Zimmer, um das Licht im Korridor löschen und die Tür schließen zu können.
»Warum schläft dein Kind im Flur?« fragte Dallow.
Die junge Frau errötete und sagte: »Es ist nur für heute nacht. Sonst schläft es bei mir im Zimmer. In die Küche will ich's nicht legen, wegen dem Gasherd.«
Dallow nickte. Er wollte noch etwas fragen, aber im gleichen Moment bemerkte er, daß er es nicht mehr formulieren konnte. Alles war verschwommen und unklar. Er ließ sich auf das Bett fallen und bat die junge Frau, ihn auszuziehen.
Am nächsten Morgen wurde er wach, als die Frau sich von ihm verabschiedete. Er sprach mit ihr, ohne die Augen zu öffnen. Er wollte es vermeiden, die Frau, mit der er die vergangene Nacht verbracht hatte, anzusehen.
»Sehen wir uns heute abend?« fragte sie.
Dallow murmelte schläfrig eine Antwort.
»Auf dem Küchentisch liegt ein Wohnungsschlüssel«, sagte sie, »behalte ihn, wenn du wiederkommen willst. Wenn nicht, dann schließ zu und wirf ihn durch den Briefschlitz.«
Hinter der geschlossenen Tür rief das Kind.
»Ich muß gehen«, sagte die Frau, »ich hoffe, ich seh dich wieder.«
Dallow gab erneut eine unbestimmte und unverständliche Antwort, ohne die Augen zu öffnen. Als er hörte, wie die Zimmertür geöffnet wurde, versuchte er, einen Blick auf die Frau zu werfen. Er sah sie hinausgehen, er sah ihren Rücken, den Hintern, die Beine. Er schloß die Augen und war erleich-

tert und zufrieden. Als er die Wohnungstür ins Schloß fallen hörte, stand er auf. Er ging ans Fenster und sah hinaus. Ein Hof war zu sehen, ein paar Bäume, eine Teppichstange und große viereckige Müllkästen. Er lief in die Küche und stellte sich seitlich ans Fenster, um nicht gesehen zu werden. Er mußte nicht lange warten. Die junge Frau überquerte mit ihrem Kind die Straße. Auf dem Bürgersteig angelangt, blieb sie stehen und blickte zu ihrer Wohnung hoch. Dallow nahm seinen Kopf zurück. Er wartete eine Sekunde, dann beugte er sich wieder vor und sah ihr nach, bis sie mit ihrem Kind verschwunden war.

Nein, sie ist wirklich nicht häßlich, sagte er sich und lächelte. Er ging durch die Wohnung und sah sich die Räume an. Im Bad fand er einen Morgenmantel und zog ihn über. Da seine nackten Füße kalt wurden, zwängte er sie in die kleinen, plüschverzierten Pantoletten, die vor der Badewanne standen. Er ging in die Küche, um zu frühstücken. In ein Küchenhandtuch war ein gekochtes Ei gewickelt, in einer Thermoskanne war Kaffee. Dallow gefiel es, sich an den gedeckten Tisch zu setzen. Und es gefiel ihm, jetzt allein zu sein.

Es klingelte mehrmals an der Tür. Dallow blieb sitzen und verhielt sich ruhig. Als er Schritte im Treppenhaus hörte, stand er auf und ging in den Flur. Vor der Wohnungstür lag ein Telegramm. Er hob es auf, legte es vor sich auf den Küchentisch und frühstückte weiter. Dann zündete er sich eine Zigarette an und suchte vergeblich nach einem Aschenbecher. Schließlich streifte er die Asche in der leeren Eierschale ab. »Elke Schütte«, las er laut. Er versuchte, das Telegramm zu lesen, ohne es aufzureißen. Es mißlang, und er legte es wieder auf den Tisch. Dann drückte er die Zigarette aus und nahm aus einer Schublade ein scharfes Messer. Behutsam öffnete er damit das Telegramm, darauf bedacht, das Papier nicht einzureißen. Komme acht Uhr abends, Gruß Rudolf, las er. Er steckte den Text in das Kuvert zurück, befeuchtete die Gummierung des Papiers und

verschloß den Umschlag. Er ließ ihn auf den Fußboden des Flurs fallen, so daß es wiederum vor der Wohnungstür lag. Dann ging er sich waschen. Ein frisches Handtuch und ein eingewickeltes Stück Seife lagen auf der Waschmaschine. In einem Plastbecher steckte eine in Zellophan verpackte Zahnbürste. Dallow gefiel es, derart umsorgt zu werden. Er öffnete die Türen des Spiegelschranks, nahm die Cremedosen und Glasfläschchen heraus und prüfte ihren Inhalt. Er schloß die Augen, wenn er daran roch. In einer Schublade fand er einen Rasierapparat. Er nahm ihn amüsiert in die Hand. Gehört er Rudolf, überlegte er, oder ist er für Elkes Beine oder für Besucher wie mich.
Nachdem er sich angezogen hatte, verließ er die Wohnung und verschloß die Tür. Er wollte den Schlüssel durch den Briefschlitz werfen, zögerte aber, schloß die Wohnung wieder auf und ging nochmals hinein. In der Küche riß er einen Zettel von einem Block, setzte sich an den Küchentisch und schrieb: Ich komme an einem der nächsten Abende vorbei, den Schlüssel behalte ich, ich küsse dich, P.
Er las die Mitteilung durch und überlegte. Dann schrieb er darunter seinen vollen Namen, Hans-Peter Dallow, und seine Telefonnummer. Ihm fiel ein, daß er sein Telefon noch nicht benutzt hatte, seit er wieder in der Stadt war, und da er unsicher war, ob es nicht abgeschaltet war, setzte er noch darunter: funktioniert selten. Er legte den Zettel auf das Telegramm vor der Wohnungstür. Dann bückte er sich und legte das Telegramm über seinen Brief. Dies schien ihm die richtigere Reihenfolge. Er ging hinaus und verschloß die Tür. Den Schlüssel nahm er mit.
In der Straßenbahn notierte er sich in seinem Kalender den Namen und die Adresse von Elke. Er dachte darüber nach, ob ihr Kind ein Junge oder ein Mädchen sei. Er versuchte, sich an die Stimme des Kindes zu erinnern, aber er war unschlüssig. Er wußte noch, daß es wach geworden war, als er nachts mit Elke

durch den Flur ging, aber er hatte kaum einen Blick auf das Kind geworfen. Jedenfalls erinnerte er sich nicht daran. Und als er vom Küchenfenster aus den beiden hinterhersah, hatte er allein auf die Frau geachtet.

In seiner Wohnung zog er ein frisches Hemd an. Dann ging er zum Telefon und nahm den Hörer ab. Er hörte das Freizeichen. Er hielt den Telefonhörer am Ohr und dachte darüber nach, ob sein Telefon in den einundzwanzig Monaten, die er im Gefängnis saß, immer ein Freizeichen vermeldet hatte, vorausgesetzt, irgend jemand hätte seine Nummer gewählt. Der Gedanke belustigte ihn. Dann wählte er eine Nummer, irgendeine Rufnummer, und lauschte zufrieden dem Rufzeichen des Apparats. Noch bevor er den Hörer auflegen konnte, meldete sich eine Stimme und schnarrte etwas Unverständliches. Dallow war überrascht. Er wollte niemand sprechen, er hatte nur feststellen wollen, ob sein Telefon funktioniere.

»Dallow. Wer ist dort bitte?« sagte er schließlich.

»Wer ist denn dort?« fragte die Männerstimme unfreundlich zurück.

»Dallow«, sagte er, »hier ist Hans-Peter Dallow.«

Es blieb für einen Moment still. Dann sagte die Stimme: »Peter? Bist du das, Peter?«

»Ja«, sagte Dallow. »Mit wem spreche ich?«

»Hier ist Jürgen, Jürgen Roessler«, sagte die Stimme.

Dallow begriff, daß er ohne nachzudenken seine alte Telefonnummer im Institut gewählt hatte. Roessler erkundigte sich unbeholfen nach seinem Befinden und fragte, ob er ihn sprechen wolle. Sie verabredeten sich.

Dallow legte den Hörer auf und war über sich selbst verwundert. Er hatte sich mit Roessler verabredet, ohne es zu wollen. Es gab nichts, was er mit ihm besprechen konnte. Aber er hatte nichts zu tun, und er war neugierig. Er wollte Roesslers Gesicht sehen, er wollte hören, was er ihm erklären würde. Für dieses Vergnügen würde er gern die Stunde opfern.

Er setzte sich an den Schreibtisch und sah die Papiere und Abrechnungen durch, die er am Vortag in der Bank erhalten hatte. Auf seinem Konto gab es nicht allzuviele Veränderungen, die monatlichen Mietzahlungen, die Abbuchungen des Elektrizitätswerks und der Post, das war alles. Sein letztes Gehalt war drei Tage nach seiner Verhaftung überwiesen worden. Danach waren als einzige Einnahmen nur noch die Zinsen der Bank auf seinem Konto eingegangen. Belustigt registrierte er, daß er einen ganzen Monat nur von diesen Bankzinsen leben konnte.
Als er die Wohnung verlassen wollte, klingelte das Telefon. Er ging rasch an den Apparat und meldete sich. Er wartete gespannt auf die Stimme des Anrufers, auf die Stimme des ersten Menschen, der ihn nach der langen Zeit seiner Abwesenheit anrief.
»Schulze«, sagte eine Männerstimme, »Schulze vom Rat der Stadt. Ich würde Sie gern sprechen, Herr Dallow.«
»Sie sprechen bereits mit mir«, sagte Dallow enttäuscht.
Der Anrufer lachte. »Es wäre gut, wenn wir uns treffen könnten.«
»Worum geht es?« fragte Dallow.
»Eben das würde ich Ihnen gern in einem persönlichen Gespräch sagen. Paßt es Ihnen um zwei?«
Dallow zögerte. »Ich wüßte nicht, weshalb ich mit Ihnen . . .«
»Ich erkläre es Ihnen, wenn Sie kommen. Um zwei Uhr, einverstanden? Melden Sie sich beim Pförtner des Bezirksgerichts. Das ist hinter Ihrem ehemaligen Institut. Sie kennen es, nicht wahr. Wir erwarten Sie dort.«
»Im Bezirksgericht?« fragte Dallow erstaunt.
»Ja, ja«, der Anrufer lachte, »wir haben dort ein paar Dienstzimmer gemietet. Sie wissen ja, die Bürokratie hat nie genug Büros.«
Er lachte wieder laut und fröhlich. Dann sagte er: »Also, bis zwei, Herr Dallow«, und legte auf.

Dallow stand mit dem Hörer in der Hand und überlegte. »Ich habe Ihnen nicht zugesagt«, rief er ins Telefon.
Eine halbe Stunde später fuhr er in die Stadt.
Als er das Gebäude betrat, in dessen zweitem Stock sich die Räume seines früheren Instituts befanden, kamen ihm Studenten entgegen. Er betrachtete sie aufmerksam, kannte aber keinen von ihnen. Er lief die Steintreppe hinauf und wurde dabei von den jungen Leuten fast umgerannt. Als er die Tür zum inneren Treppenhaus öffnete, sah er Sylvia. Sie stand an das Geländer gelehnt und sprach mit einem jungen bärtigen Mann. Dallow blieb stehen und betrachtete sie. Sie gefiel ihm noch immer. Er ging auf sie zu, legte den Arm um ihre Schulter und begrüßte sie mit einem Kuß auf die Wange.
»Alles gut überstanden?« fragte sie.
Er nickte. Studenten kamen die Treppe herunter, und er trat einen Schritt zur Seite, um sie vorbeizulassen. »Trinken wir einen Kaffee?« fragte er.
Der bärtige Mann verabschiedete sich. Sylvia schüttelte den Kopf und sagte, daß sie zu einem Seminar gehen müsse. Sie lächelte, und Dallow betrachtete sie eingehend. Er wollte sofort mit Sylvia schlafen. Er wollte ihr hier im Treppenhaus des Universitätsgebäudes die Hand unter den dicken Mantel und die Kleider schieben, ihre Brust streicheln, ihre Haut anfassen und dann rasch mit ihr irgendwohin gehen, sie ausziehen und mit ihr schlafen. Er starrte auf das kleine weiße Stück ihres Halses, das über dem Wollschal zu sehen war. Einundzwanzig Monate, dachte er, das müßte auch für sie reizvoll sein.
»Seminar?« sagte er abwesend. »Du müßtest mit dem Studium doch längst fertig sein.«
Sylvia lächelte und nickte.
»Ach, ich verstehe«, sagte er. »Es tut mir leid, daß ich bei den Prüfungen nicht dabei war. Bei mir hättest du bestanden Sylvia. Von mir hättest du beste Noten bekommen. In jedem Fach die allerbesten Noten.«

»Ich weiß«, sagte sie und schob ihn mit dem ausgestreckten Zeigefinger etwas zurück, »aber du irrst dich. Mit dem Studium bin ich fertig. Seit einem Jahr bin ich Assistent. Und das Seminar gebe ich für das dritte Semester. Bist du überrascht?«
»Ja«, gestand Dallow, »das hatte ich nicht erwartet. Du machst wirklich deinen Doktor? Ich hatte die ganzen Jahre damit zu tun, daß du durch das Studium kommst. Wer ist denn mein glücklicher Nachfolger? Doch nicht Roessler? Dieser brave Familienpapa? Das ist nicht dein Stil, Sylvia.«
Ihr Lächeln wurde sehr kühl. Dallow strahlte sie an, aber er hatte Mühe, seine Enttäuschung zu verbergen. Das Leben ist auch ohne dich weitergegangen, sagte er sich, an den Gedanken mußt du dich gewöhnen. Auf dich hat keiner gewartet, und du kannst nicht an der gleichen Stelle wieder beginnen, wo du vor zwei Jahren aufgehört hast.
»Wieso auch nicht«, sagte er, »du warst immer das schönste Mädchen aller Studienjahre. Wie solltest du da nicht Assistent werden. Ich hatte nie daran gedacht, dabei ist es so naheliegend.«
Sie verzog die Mundwinkel leicht. »Überheblich wie immer«, sagte sie spitz. »Daß ich vielleicht noch andere Fähigkeiten habe, ist dir wohl entgangen.«
»Aber Sylvia«, sagte Dallow nur. Er sagte es so freundlich und bösartig, wie er nur konnte. Er fühlte sich zurückgestoßen und verletzt und wollte darum sie verletzen.
»Ich muß gehen«, erwiderte sie und wandte sich zur Treppe.
Er erzählte ihr, daß er Roessler sprechen wolle und sie darum nach oben begleite.
»Willst du denn hier wieder anfangen?« fragte sie.
»Ich weiß es nicht«, antwortete Dallow, »ich habe darüber noch nicht nachgedacht. Ich will mir nur anhören, was Roessler zu sagen hat. Schließlich war ich jahrelang an diesem Institut, das wird er wohl nicht vergessen haben.«
»Soll ich bei ihm ein gutes Wort für dich einlegen?«

Dallow lachte auf. »Ja, tatsächlich, soweit ist es gekommen. Vermutlich könntest du ein gutes Wort für mich einlegen. Ist das nicht eine verquere Welt, Sylvia?«
»Das kommt vermutlich auf den Betrachter an«, sagte sie sehr zurückhaltend.
»Eine Frage des Standpunkts, ich erinnere mich«, sagte er.
Er begleitete sie bis vor die Tür ihres Seminarzimmers. Die Tür war offen, einige Studenten standen im Flur und rauchten. Als Sylvia und Dallow erschienen, drückten sie die Zigaretten aus und gingen hinein. Sylvia verabschiedete sich von Dallow und wünschte ihm für das Gespräch mit Roessler Glück.
Dallow lächelte und erwiderte: »Weißt du, daß ich in den letzten einundzwanzig Monaten immer wieder an dich denken mußte? Ich habe von dir geträumt, Sylvia, einundzwanzig Monate lang.«
Und da sie nichts dazu sagte, fuhr er fort: »Und weißt du, warum?«
»Ich kann es mir denken«, sagte sie langsam und ironisch, »ich hörte von den Fantasien der Männer in einsamen Zellen. Ich weiß nicht, ob das schmeichelhaft für mich ist.«
Dallow nahm sie am Arm. »An dem Abend, an dem ich verhaftet wurde, waren wir verabredet. Ich sollte in deine Wohnung kommen. Hast du das vergessen? Hast du mich denn damals nicht vermißt?«
Er sah, daß sie verunsichert war und nachdachte.
»An diesem Abend hattest du mich zu einer Pyjamaparty eingeladen. Drei deiner Freundinnen sollten kommen und irgendwelche Männer, die ich nicht kannte. Leider wurde ich verhindert. Das ist sehr schade. Ich habe oft an diese Party gedacht. Ich habe versucht, sie mir vorzustellen. Ich denke mir, sie war sehr amüsant.«
»Ich fürchte, du verwechselst etwas, mein Lieber«, sagte Sylvia und befreite ihren Arm aus seinem Griff. Sie wollte gehen, aber er verstellte ihr den Zugang zum Seminarraum.

»Nein, Sylvia, das ist nicht möglich. Ich wurde in den letzten zwei Jahren äußerst selten zu Parties eingeladen. Gibt es bei dir noch Pyjamaparties? Ich würde sehr gern kommen. Wenn man so lange darüber nachgedacht hat wie ich, möchte man sie gern in der Praxis überprüfen. Das ist mein wissenschaftlicher Ehrgeiz, Sylvia.«
»Tut mir leid, Peter. Ich weiß wirklich nicht, wovon du redest. Aber sprich doch mit den kleinen Studentinnen. Vielleicht veranstalten sie dir zuliebe so eine Party. Du entschuldigst, mein Seminar hat begonnen.«
Sie schob ihn zur Seite, ging in den Raum und schloß die Tür energisch hinter sich. Dallow blieb vor der verschlossenen Tür stehen. Er hörte ihre etwas zu laute Stimme, als sie jetzt Namen aufrief und Fragen stellte. Sylvias Stimme war ihm unangenehm. Dieser belehrende Tonfall, den er nun bei ihr bemerkte, er war ihm vertraut aus den eigenen Seminaren. Diese müde Herablassung, mit der er Studenten zuhörte, beifällig nickend oder die Augen verdrehend, für alle offensichtlich leidend unter dem Unmaß von Schwachsinn, den anzuhören er genötigt war. Die Verachtung, mit der er ein Lob erteilte, eine Leistung wohlwollend aufnahm oder eine wochenlange Bemühung nachsichtig akzeptierte. Und die sich jedes Jahr wiederholenden Fragen der Studenten, naive, liebe Fragen nach allen möglichen Welträtseln, jeder Satz eine Weltanschauung, gläubige Bekundungen einer noch ungekränkten Hoffnung, die grundsätzliche, alles umfassende Erklärungen erwartete. Und die Antworten, wollte er sich verständlich machen, mußten etwas von diesem hochpolierten Strahlenglanz haben. Erfahrungen waren da nicht hilfreich, sie wirkten irritierend, resignativ, zynisch. Also verkniff er sich jede sarkastische Bemerkung und nickte mit gleichfalls leuchtenden Augen. Die Mundwinkel schmerzten vom alles überglitzernden Lächeln. Wieviel Disziplin und Nachsicht war doch notwendig, um sich in jedem Jahr für solche Dummheiten herzugeben.

Und wieviel Hochmut. Dallow lauschte reglos an der Tür. Dann ging er zu Roessler.
Im Vorzimmer begrüßte ihn Barbara Schleider, die Sekretärin des Instituts. Sie stand auf, als Dallow eintrat, kam auf ihn zu, ergriff mit beiden Händen seinen Kopf.
»Schön, daß du wieder da bist«, sagte sie und zog seinen Kopf herunter, um ihn auf die Stirn zu küssen. Dallow war gerührt und verlegen und legte seine Stirn auf ihre Brust.
»Ich glaube, du bist der einzige Mensch, der sich wirklich freut, daß ich raus bin«, sagte er.
»Ja, nicht alle sind darüber allzu erfreut«, erwiderte sie und warf einen Blick auf die Tür zum Nachbarzimmer.
Sie ging zu ihrem Platz, nahm die Zigaretten vom Tisch und bot ihm eine an.
»Was ist passiert in der ganzen Zeit?« fragte Dallow. »Was habt ihr ohne mich gemacht?«
»Nichts«, antwortete sie, »es ist nichts passiert. Ich bin ein bißchen schöner geworden, das ist alles.«
»Das habe ich bemerkt, als ich eintrat. Ich überlege, ob ich dich nicht heiraten sollte.«
»Tut mir leid, aber du weißt ja, ich bevorzuge Männer mit großen Segelbooten. Das ist gut für den Teint.«
»Das ist zu sehen, Barbara.«
Sie strahlte ihn an, und Dallow fragte sich, ob diese Frau nicht tatsächlich etwas für ihn sei. Sie war ein paar Jahre älter als er, aber das sah ihr keiner an. Er schätzte gepflegte Frauen, nach seiner Erfahrung waren sie weniger direkt und aufdringlich. Wenn ich jemals wieder heiraten sollte, dachte er, sollte ich wirklich Barbara nehmen.
»Aber große Segelboote, das klingt nach älteren Herren. Vermißt du da nicht etwas?«
»Will ich mich erholen, schätze ich es, in Ruhe gelassen zu werden.«
»Dann werden wir leider nie ein Paar. Wenn ich mir vorstelle,

wie du dich sonnst, und deinen Kerlen fällt nichts weiter ein, als dich in Ruhe zu lassen – das müssen sehr alte Herren sein.«
»Du warst wohl in der letzten Zeit sehr einsam?«
»Ja. Stell dir vor, selbst auf der Krankenstation gab's nur Männer.«
Dallow hatte sich auf ihren Schreibtisch gesetzt und spielte mit Bleistiften. Sie bemerkten beide nicht, daß die Tür zum Nachbarzimmer geöffnet wurde und Roessler erschien. Er begrüßte Dallow und bat ihn, in sein Zimmer zu kommen.
»Willst du einen Kaffee?« fragte er und bat die Sekretärin, als Dallow nickte, zwei Tassen zu bringen. Dann schloß er die Tür. Dallow setzte sich in einen der Sessel, bevor Roessler ihn dazu auffordern konnte.
Tatsächlich, es ist nichts passiert, dachte Dallow, während er das Zimmer betrachtete, die alten, verquollenen Fensterrahmen, die kurzen Gardinen aus einem billigen Stoff, der immer verstaubt wirkt, den Glasschrank mit den gestapelten roten Broschüren, die beiden Farbfotos über der Tür, Roesslers Schreibtisch, wie immer akkurat aufgeräumt, exakt in der Mitte der dunkelbraunen Platte die grüne Schreibunterlage. Auch sein ehemaliger Schreibtisch stand noch im Zimmer, wenn auch jetzt in eine Ecke gerückt und als Ablage für Bücherstapel und Aktenordner genutzt.
Roessler war vor Dallows Sessel stehengeblieben.
»Entschuldige, aber darf ich dich bitten, hier nicht zu rauchen.«
»Natürlich«, sagte Dallow und hielt die brennende Zigarette hoch. »Hast du einen Aschenbecher?«
»Du findest einen bei Barbara.«
Dallow ging hinaus. Während er die Zigarette ausdrückte, sagte er halblaut zu der Sekretärin: »Ein Scheißkerl.«
»Das kannst du laut sagen, er weiß es selbst«, sagte sie, ohne aufzusehen.
Dallow hörte sich schweigend die umständlichen Begrüßungsworte Roesslers an. Er erinnerte sich augenblicklich wieder an

Roesslers Vorliebe für langwierige Einleitungen und betrachtete ihn fasziniert.
»Und was kann ich für dich tun?« fragte Roessler schließlich.
Dallow, der nicht zugehört hatte, nickte zustimmend, bevor er begriff, daß dies eine Frage war, die er beantworten sollte.
»Was erwartest du von mir?« wiederholte Roessler seine Frage.
Dallow riß hilflos die Arme auseinander. »Ich weiß es nicht.«
»Du wolltest mich doch sprechen«, sagte Roessler. Er saß hinter seinem Schreibtisch und sah verwundert zu dem schweigenden Mann, der vor ihm in dem Kunststoffsessel saß und mit dem Finger unsichtbare Figuren auf das Tischtuch malte. Dann lehnte er sich zurück und wartete auf eine Antwort.
Dallow überlegte, was er Roessler fragen sollte. Aber als einziges beschäftigte ihn die Frage, weshalb er überhaupt hierhergekommen war. Er zeichnete immer intensiver geometrische Figuren. Dann sagte er unvermittelt: »Ich gratuliere dir.«
Roessler sah ihn fragend an. Dallow wies schweigend auf den Schreibtisch.
»Danke«, sagte Roessler verlegen und errötete, »nun ja, die Dozentur wurde vergeben, und du standest nicht zur Verfügung.«
Dallow nickte fröhlich. »Ich stand nicht zur Verfügung, ich saß.«
Roessler wartete. Dann wiederholte er geduldig seine Frage: »Du wolltest mich sprechen?«
»Der Kaffee ist sehr gut«, erwiderte Dallow.
Roessler betrachtete ihn fassungslos. »Was willst du?« fragte er endlich. »Willst du hier wieder arbeiten?«
»Ich weiß nicht«, erwiderte Dallow, ohne sein Spiel auf der Tischdecke zu unterbrechen.
Roessler schüttelte den Kopf. »Das wäre kein guter Gedanke. Wir haben damals einen Aufhebungsvertrag gemacht, das war zu deinem Vorteil. Jetzt müßtest du dich neu bewerben, das

wird langwierig. Und ich weiß nicht einmal, ob man zustimmt. Es sind keine Stellen frei. Und außerdem wird man sich fragen, ob man vor unsere Studenten einen Mann hinstellen kann, der . . .«

Dallow sah interessiert auf und wartete auf das Ende des Satzes. Aber da Roessler seinen Satz offenbar nicht zu einem Ende bringen konnte, ergänzte Dallow: »Der ein Krimineller ist.«

»Nein, das habe ich nicht gesagt«, fiel ihm Roessler scharf ins Wort.

»Dann vielleicht, der ein ehemaliger Krimineller ist«, schlug Dallow ihm höflich vor.

»Sei nicht albern. Es war eine dumme Geschichte, und das habe ich auch, wie du weißt, dem Gericht gesagt. Das Ganze war nicht gerade genial von dir, aber es war eine unnötige Überreaktion, dich deshalb ins Gefängnis zu bringen. Die Zeit war damals hektisch, überall witterte man Feinde und reagierte hysterisch. Heute würde man es anders sehen. Man würde dir eine Rüge aussprechen, das wäre alles. Wir sind ein Stück weitergekommen. Aber damals, na, das weißt du selbst.«

Dallow nickte.

»Und wenn ich dir einen Rat geben darf, Peter, am besten, du vergißt alles. Vergiß die dumme Geschichte. Natürlich wird das für dich nicht leicht sein, aber es wäre die beste Grundlage, einen völlig neuen Anfang zu machen. Vergiß, was passierte, orientiere dich auf deine Zukunft.«

Dallow malte jetzt Kreise und Spiralen und versuchte, den Sinn der Worte zu verstehen, die er hörte. Das Wort Zukunft verschreckte ihn. Es klang so gewichtig, aber er konnte sich nichts darunter vorstellen. Er hätte Roessler gern nach der Bedeutung dieses Wortes gefragt, aber gleichzeitig war ihm klar, daß Roessler seine Frage nicht verstehen konnte und sich provoziert fühlen würde. Und er hatte die vage Vorstellung, daß mit eben diesem Wort seine Schwierigkeiten verbunden waren, seine Unfähigkeit zu denken, sein Grübeln, seine Ratlosigkeit.

Für ihn war seine Zukunft ein großes, weißes, erschreckendes Blatt. Wäre er fähig, auch nur ein paar Linien darauf einzuzeichnen, wie unbestimmt und verschwommen auch immer, es würde ihm helfen, klar zu denken, einen Gedanken zu fassen, einen einfachen, normalen Gedanken.
Aber wieso, fragte er sich, hatte nur er diese Schwierigkeiten und die anderen offenbar nicht. Wieso verursachte dieses Wort bei ihm eine Lähmung des Gehirns.
Dallow malte unermüdlich Linien und Kreise auf das Tischtuch. Vermutlich, sagte er sich dann, ist Zukunft einfach nur eine Verlängerung dessen, was geschehen ist oder gerade erfolgt. Roessler braucht nur das weiterzumachen, was er bisher Tag für Tag gemacht hat, er braucht nur auf dem Stuhl sitzenzubleiben, und seine Zukunft ist sicher, hell und klar. Aber eben dieses bloße Weitermachen war für ihn selbst ein Problem. Säße er noch heute in seiner Zelle, hätte er eine ebenso klare und sichere, wenn auch nicht so komfortable Zukunft wie Roessler. Aber das Gefängnis hatte ihn entlassen, diese Vergangenheit war beendet worden, von ihr aus konnte er keine Linien bis zu jenem großen und leeren Bogen Papier ziehen, auf dem seine Zukunft sich darstellen würde. Er hatte keine Vergangenheit, keine, von der aus er ein paar taugliche Schritte machen konnte, keine, die eine Fortsetzung erlaubte, die ihm künftige Entscheidungen abnahm, indem sie auf die allernatürlichste Art nur eine einzige Entscheidung zuließ.
»Ohne Vergangenheit gibt es keine Zukunft«, sagte er laut. Und dann lächelte er, weil er sich erinnerte, diesen Satz schon mehrfach in seinen Vorlesungen und Seminaren gesagt zu haben, damals, in jener Vergangenheit, die hinter seiner Vergangenheit lag. Er hatte diesen Satz stets mit dem dafür notwendigen Pathos gebraucht, aber sein eigentlicher Sinn ging ihm erst jetzt auf.
Er sah hoch und bemerkte, daß Roessler ihn besorgt ansah, besorgt und mißtrauisch. Um ihn zu beruhigen, wiederholte er

den Satz so pathetisch, als habe er diese Weisheit soeben erfunden: »Es gibt für dich keine Zukunft ohne deine Vergangenheit.«
Roessler schien diesen Satz überhören zu wollen. Mit einer Geduld, die ihn sichtlich anstrengte, ließ er seine gefalteten Hände auf die Tischplatte fallen und nickte ergeben.
»Soll ich nun in Berlin anrufen?« fragte er müde.
Dallow wurde bewußt, daß Roessler ihm die ganze Zeit über versucht hatte zu erklären, daß er ihn in seinem Institut nicht beschäftigen, aber seine Beziehungen nach Berlin für ihn einsetzen könne. Dallow schüttelte den Kopf. »Nein«, sagte er, »ich weiß noch nicht, was ich machen werde.«
Roessler war verblüfft und sagte fassungslos: »Wieso weißt du das nicht? Du hattest eineinhalb Jahre Zeit, darüber nachzudenken. Du hattest Zeit, nur über diese eine Frage nachzudenken. Und jetzt weißt du es nicht? Was hast du die ganze Zeit im Gefängnis gemacht? Einen Roman geschrieben?«
»Ich habe darüber nachgedacht. Jeden Tag habe ich darüber nachgedacht«, antworte Dallow heftig, »aber ich weiß es trotzdem nicht.«
Sie starrten sich feindselig an. Beide fühlten sie sich gekränkt, und beide argwöhnten, von dem anderen auf eine merkwürdige Art mißbraucht zu werden.
»Kann ich sonst etwas für dich tun?« fragte Roessler schließlich und gab Dallow mit diesem Satz deutlich und unmißverständlich zu erkennen, daß er nichts weiter für ihn tun könne und wolle und das Gespräch als beendet ansehe.
Dallow blieb aus Trotz sitzen und versuchte den Eindruck zu erwecken, daß er ernsthaft über die Frage nachdenke, bemüht, Roessler zu helfen. Doch einen Augenblick später sah er auf die Uhr und sagte, daß er gehen müsse, da er noch einen anderen Termin habe. Beide bedankten sich für das Gespräch. Roessler fügte in seiner Verlegenheit hinzu, er bitte Dallow, bald wieder vorbeizukommen, und Dallow versprach es ihm.

Im Vorzimmer blieb er stehen. Barbara Schleider sah ihn fragend an, aber da er nichts sagte, erkundigte sie sich schließlich, ob er wieder im Institut arbeiten werde.
»Es sieht nicht so aus«, sagte Dallow leichthin, nahm seinen Mantel vom Garderobenhaken und zog ihn langsam an. Die Sekretärin verzog das Gesicht.
»Laß dich mal sehen«, sagte sie.
»Paß auf dich auf«, erwiderte Dallow. Er ging aus dem Zimmer, und während er den Gang entlang und die breite Treppe hinunter lief, fragte er sich, weshalb er zu Roessler gegangen sei. Dann dachte er an Sylvia. Er blieb einen Moment auf der Treppe stehen, drehte sich um und lief wieder nach oben. Im Sekretariat ließ er sich ein Blatt Papier geben. Auf einer Fensterbank des Flurs vor den Seminarräumen schrieb er mit übergroßen Buchstaben »Ich muß mit dir schlafen« auf den Bogen. Er ging zu Sylvias Seminarraum, klopfte an und trat sofort ein. Die Studenten verstummten und sahen zu ihm.
»Ich will nicht stören«, entschuldigte sich Dallow, »aber es ist wirklich dringend. Du solltest das hier unterschreiben, es ist auch in deinem Interesse, Sylvia.«
Er gab ihr das Blatt. Sie las lange den kurzen Satz. Dann nahm sie teilnahmslos den ihr hingehaltenen Stift in die Hand und sagte mit gleichmütiger Stimme: »Ich will dir gern glauben, daß es dringend ist.«
Sie setzte zur Unterschrift an, unterbrach sich jedoch und gab Dallow das Blatt Papier zurück.
»Es tut mir leid, aber das mußt du erst von Roessler unterschreiben lassen.«
»Er ist einverstanden«, behauptete Dallow und bemühte sich, ebenso förmlich zu sprechen.
Sylvia nickte. »Das mag sein, aber er muß zuerst unterschreiben. Hier hat alles seine Ordnung.«
Sie hielt ihm noch immer das Blatt hin. Er wußte nichts zu entgegnen und ging hinaus, ohne das Papier an sich zu neh-

men. Beim Hinausgehen sah er sie lächeln. Er bemühte sich, die Tür leise zu schließen, aber sie fiel laut ins Schloß, was ihn ärgerte.
Am Ende der Steintreppe blieb er stehen und betrachtete die vielen Mitteilungen, die über dem umlaufenden Sims auf der mit Tafelfarbe gestrichenen Holzverkleidung befestigt waren. Er ging zur rechten Wand, wo die Aushänge des Historischen Instituts angeheftet waren. Er las die Aufstellung der Seminargruppen, die Namen der Studenten sagten ihm nichts. Damals hatte er nur die letzten Semester unterrichtet; sie hatten längst die Universität verlassen oder waren wie Sylvia Assistenten geworden. Die Institutsbibliothek hatte eine Liste von vermißten und entwendeten Büchern ausgehängt. Er sah, daß zwei der genannten Bände in seinem Besitz waren, und beschloß, da sein Name als Ausleiher nicht genannt war, sie zu behalten. Für verheiratete Studenten und Studenten mit Kindern wurden billige Urlaubsplätze angeboten. Die Themen des Parteilehrjahrs überflog er, sie erschienen ihm merkwürdig bekannt, er hatte das Gefühl, die dort angekündigten Diskussionen bereits gehört zu haben, damals zu seiner Zeit. Es folgten die Angebote Leipziger Hausfrauen, Jahresbelege und Diplomarbeiten preiswert und sauber abzuschreiben. Dann kamen die farbigen, häufig auffällig umrahmten Zettel der Studenten, die eine Wohnung suchten oder tauschen wollten. Die angebotenen Wohnungen wurden ausführlich beschrieben und seltsame Vorzüge genannt. Dallow lächelte. Schließlich fand er eine Notiz von Sylvia, eine Liste der für das stattfindende Seminar zu lesenden Bücher. Er las amüsiert die angegebenen Titel, es waren noch immer die gleichen Texte, die jahraus, jahrein gelesen, diskutiert, gebetet wurden. Und vermutlich, dachte er, streitet man noch immer um die gleichen Stellen, erregt sich über dieselben Sätze. Ihn belustigte der Gedanke, daß nun Sylvia die gleichen und so alten Fragen stellte, die schöne Sylvia, die ihn in seinen Seminaren mit großen Augen ange-

strahlt hatte, darum bittend, sie nur aufzurufen, wenn sie beide, Dallow und Sylvia, auch wirklich sicher waren, daß ihre Antwort richtig sein würde.

»Gott segne dich, meine Kleine«, sagte er laut zu der mit Zetteln übersäten schwarzen Wand. Dann verließ er das Universitätsgebäude.

Er lief bis zum Ende des Blocks, bog in die Beethovenstraße und sah auf die Uhr. Es war zehn Minuten nach zwei. Der Herr Schulze wird warten, dachte er und überlegte, ob er zu dieser merkwürdigen Verabredung gehen sollte. Er hatte diesem Mann nichts zu sagen und wollte von ihm nichts hören, es würde nur ein weiteres dummes Gespräch geben, ebenso überflüssig wie das mit Roessler. Dennoch lief er die Beethovenstraße weiter, am Eingang zum Kreisgericht und zu den verschiedenen Staatsanwaltschaften des Bezirkes, des Landkreises und der Stadt vorbei und auf das Dimitroff-Museum zu. Als er die Harkortstraße erreichte, bemerkte er, daß er schwitzte. Er öffnete die oberen Knöpfe des Mantels und zog den Wollschal heraus. Er kniff die Augen zusammen, da ihn die Wintersonne und der Schnee blendeten. Rechts vor ihm war der Eingang zum Bezirksgericht, wo ihn der Anrufer erwarten wollte. Er ging darauf zu. Der Bürgersteig war menschenleer. Auf der anderen Seite des Platzes hielten zwei Reisebusse, aus denen Touristen ausstiegen, um ins Museum zu gehen. Als Dallow das Bezirksgericht erreichte, erschienen hinter ihm plötzlich zwei Männer. Einer von ihnen sprach ihn mit seinem Namen an und hielt ihm die Hand entgegen. Er sagte, er heiße Schulze und habe ihn angerufen, der andere Mann sei sein Kollege Müller. Er freue sich, daß Dallow gekommen sei. Dallow nickte nur, sagte aber nichts. Sie betraten das Gebäude. Herr Schulze ging an die Pförtnerloge, sprach mit der dort sitzenden Frau und erhielt einen Schlüssel. Dann bat er Dallow, mit ihm nach oben zu kommen. Die beiden Männer trugen billige, zerknitterte Kammgarnanzüge. Beide waren ohne Mantel, und Dal-

low fragte sich, wie sie so plötzlich aufgetaucht waren. Er hatte, als sie ihn überraschend auf der Straße ansprachen, nicht bemerkt, woher sie kamen.
Er blieb stehen, als die beiden Männer vor einer der Türen hielten. Herr Schulze schloß auf, öffnete sie und bat Dallow, zuerst einzutreten.
Es war ein üblicher Büroraum mit einem Schreibtisch, mit Sesseln und einem Klubtisch, mit den üblichen Fotos der regierenden Politiker an einer Wand, mit einem Rollschrank und einem großen Schrank für Akten und Garderobe. Dennoch irritierte Dallow etwas, ohne daß er wußte, was es war. Er blieb im Raum stehen, sah sich weiter um und setzte sich erst, als er dazu aufgefordert wurde. Dann stand er nochmals auf, um seinen Mantel auszuziehen und ihn über den Klubtisch zu legen. Einer der Männer griff nach dem Mantel und hängte ihn an den Garderobenhaken. Die beiden Männer lächelten ihn nun an, was Dallow als albern empfand.
»Schulze und Müller«, sagte er zweifelnd und versuchte dabei zurückhaltend und distanziert zu wirken.
Die beiden Männer lachten laut auf und bestätigten die Richtigkeit ihrer Namen.
»Darf man hier rauchen?« fragte Dallow und zündete sich, bevor man ihm antworten konnte, eine Zigarette an. Herr Schulze ging an den Kleiderschrank, öffnete ihn und nahm einen Aschenbecher heraus. Dallow gelang es, einen Blick in den Schrank zu werfen. Der Schrank war nahezu leer, bis auf jenen roten Glasaschenbecher, der nun vor ihm auf dem Tisch stand, ein paar weiße Tassen, eine Schreibmaschine und einen Wasserkocher. Als er die in einem Kleiderschrank eingeschlossene Schreibmaschine sah, die für einen Büroraum verwunderlich leeren Schrankfächer und die selbst für einen Amtsraum karge Ausstattung bemerkte, wurde ihm augenblicklich klar, was ihn an diesem Raum verstörte. Nirgends waren die Spuren eines Menschen zu sehen, kein Papier auf dem Schreibtisch,

keine Grünpflanzen, kein liegengelassenes Kleidungsstück. Nicht einmal irgendeine Akte war zu sehen. Es war ein leeres Büro, in dem kein Mensch arbeitete, das keinem gehörte. Wahrscheinlich auch nicht diesen beiden Männern, dachte Dallow. Er hatte bemerkt, daß Schulze einen Moment überlegt hatte, wo er einen Aschenbecher finden könne.
»Wir freuen uns, daß Sie gekommen sind«, eröffnete Herr Schulze das Gespräch, nachdem sich alle gesetzt hatten. »Wir wollen Ihnen helfen.«
Dallow spürte, wie seine Hände zu zittern begannen. Er fürchtete, seine Finger würden wiederum steif werden. Vor seinen Augen bewegten sich langsam rote, rotierende Kreise. Er schloß schnell die Augen. Es war einundzwanzig Monate her, daß er das letzte Mal diese Worte gehört hatte, und ihm schien, sie waren damals in genau demselben eindringlich freundlichen Ton gesagt worden. Bei seiner Vernehmung hatte der Beamte sich gleichfalls zu ihm vorgebeugt, um ihm mitzuteilen, daß er nur dazu da sei, ihm zu helfen.
»Ich brauche Ihre Hilfe nicht«, sagte Dallow mit noch immer geschlossenen Augen. Und er öffnete sie nur, um festzustellen, ob Herr Schulze irgendwie seinem Vernehmer von damals ähnlich sah. Der leere und leblos wirkende Raum ängstigte ihn plötzlich.
»Haben Sie die Tür abgeschlossen?« fragte er den anderen Mann, der ihn bisher nur schweigend angesehen hatte.
Der Mann schüttelte verwundert den Kopf. »Natürlich nicht«, sagte er. »Wie kommen Sie denn darauf?«
Dallow atmete mit offenem Mund. Er überlegte, ob er aufstehen sollte und nachprüfen, ob die Tür tatsächlich offen war. Dieser Mann war, nachdem sie ins Zimmer getreten waren, einige Zeit an der Tür stehengeblieben, wie er sich jetzt erinnerte. Aber dann sagte er: »Kann ich jetzt gehen?«
»Natürlich, jederzeit. Aber wollen wir uns nicht erst einmal unterhalten«, sagte Herr Schulze verwundert.

Das Erstaunen des Mannes beruhigte Dallow augenblicklich. Er atmete durch und antwortete: »Ich wüßte nicht, worüber wir uns zu unterhalten hätten.«
»Ich denke, Sie brauchen Hilfe, und wir können Ihnen helfen. Das ist alles«, erwiderte Herr Schulze. Und da Dallow ihn schweigend ansah, fuhr er fort: »Was haben Sie vor?«
»Ich weiß es nicht.«
»Ich meine, was haben Sie beruflich vor? Wollen Sie wieder an Ihrem Institut arbeiten?«
»Das ist nicht möglich. Ich wurde damals entlassen, und man beabsichtigt offenbar nicht, mich wieder einzustellen.« Er lächelte, als habe er eine Trumpfkarte auf den Tisch gelegt.
Der Herr Schulze nickte. »Das habe ich mir gedacht«, sagte er, »aber damit kann ich mich nicht zufrieden geben. Ich werde mit den zuständigen Leuten sprechen. Wenn Sie wollen, können Sie am Montag wieder in Ihrem Institut anfangen.«
Das Angebot beunruhigte Dallow. »Und was habe ich dafür zu tun?« erkundigte er sich mißtrauisch.
Jetzt lächelten beide Männer ihn beruhigend an.
»Nicht viel«, antwortete Herr Schulze, »wir helfen Ihnen, und Sie helfen uns. Das ist alles. Wir brauchen ein paar Informationen, nichts Aufregendes, nichts von Bedeutung, lediglich ein paar Fakten. Sie wissen ja, die Bürokratie will immer alles wissen.«
»Und Sie sind vom Rat der Stadt?« fragte Dallow grinsend.
»Nein«, sagte Herr Schulze. Er griff in sein Jackett und holte einen kleinen Ausweis heraus. Der andere Mann, der Herr Müller, griff fast gleichzeitig in seine Tasche, um einen gleichen Ausweis herauszuziehen.
»Wir sind . . .«, begann Herr Schulze, aber Dallow unterbrach ihn, um ihm zu sagen, daß es ihn nicht interessiere. Dabei drehte er den Kopf zum Fenster, um demonstrativ zu bekunden, daß er auch die Ausweise der Männer nicht zu sehen wünsche.

»Arbeiten Sie mit uns zusammen«, sagte der andere Mann, »wir können Ihnen helfen.«
»Ich brauche Ihre Hilfe nicht. Ich werde ohnehin nicht an das Institut zurückgehen.«
Die beiden Männer schienen überrascht zu sein.
»Und was haben Sie vor?«
»Nichts. Ich werde nichts tun«, sagte Dallow, »ich werde von meinem Bankkonto leben.«
»Und wie lange können Sie das?« warf Herr Müller ein. »Ein Jahr, vielleicht eineinhalb Jahre. Und dann?«
»Ein Jahr, korrekt«, erwiderte Dallow, »ich sehe, Sie sind gut informiert.«
Herr Müllers Gesicht verfärbte sich leicht, als er schnell entgegnete: »Es war nur eine Vermutung. Alles wissen auch wir nicht.«
»Sie wissen wirklich nicht, was Sie tun werden?« erkundigte sich Herr Schulze.
»So ist es. Ich hatte noch keine Zeit, darüber nachzudenken.«
Herr Schulze lächelte nachsichtig. »Aber Sie hatten viele Monate die Gelegenheit, darüber nachzudenken.«
»Das habe ich schon einmal gehört«, sagte Dallow, »aber das ist ein Irrtum.«
»Sie hatten keine Zeit, sich über Ihre Zukunft Gedanken zu machen? Was zum Teufel haben Sie dort gemacht?«
Dallow bemerkte, daß Herr Schulze tatsächlich verwundert war, es jedoch trotzdem vermied, das Wort Gefängnis oder Haft zu benutzen. Es war ihm seit seiner Entlassung mehrmals aufgefallen, daß er selbst der einzige war, der das Wort Gefängnis aussprach.
»Ich habe . . .«, antwortete er und stockte.
Dann fuhr er zu seiner eigenen Überraschung fort: »Ich hatte keine Zeit. Ich habe im Gefängnis einen Roman geschrieben.«
»Einen Roman?« wiederholte Herr Müller und verstummte.
Für einige Sekunden war es still im Zimmer. Die beiden Män-

ner betrachteten Dallow und überlegten. Dallow war von seinem Einfall belustigt. Er stellte sich vor, wie er in seiner Zelle Tag für Tag mit einer kratzenden Feder Papier beschrieb, neben sich einen beständig anwachsenden Stapel, sein Romanmanuskript. Zufrieden sah er auf und wartete.
»Wovon handelt Ihr Roman? Wollen Sie ihn veröffentlichen?« fragte Herr Müller.
Er hatte sich etwas vorgebeugt und wirkte verstimmt. Sein Kollege spielte unbeteiligt mit einem Kugelschreiber und sagte ohne aufzusehen: »Ich bitte dich, Kurt.«
»Nun«, sagte Dallow, »das Problem ist, am letzten Tag, an dem Tag, an dem ich entlassen wurde, kam ein Beamter morgens in meine Zelle.« Er machte eine Pause, und mit einer angedeuteten Verbeugung in Richtung des Herrn Müller korrigierte er sich: »Er kam in meinen Verwahrraum und hat das Manuskript zerrissen. Mein ganzer Roman, ein Haufen Papierschnipsel.«
Herr Schulze lächelte und nickte beruhigt.
»Ihnen kann ich das wohl nicht erzählen?« erkundigte sich Dallow.
Herr Schulze schüttelte den Kopf und sah zu seinem Kollegen hinüber, der noch immer ratlos wirkte.
»Schade«, sagte Dallow, »irgendeine Geschichte muß ich erzählen. Alle wollen wissen, was ich im Knast gemacht habe. Ich habe nichts gemacht, nicht einmal nachgedacht. Im Knast kann man nämlich nicht denken. Aber alle Welt ist davon überzeugt, daß ich einundzwanzig Monate Zeit hatte, über so etwas wie meine Zukunft nachzudenken. Ich brauche also eine Geschichte, und ich denke, die Geschichte mit dem Roman wäre am einleuchtendsten, für alle.«
»Eine gute Geschichte, Herr Dallow«, sagte Herr Schulze und lächelte leutselig, »aber Sie vergessen, es wäre Verleumdung der Vollzugsbeamten. Die Genossen dort zerreißen keine Romane.«

»Welche Geschichte würden Sie mir empfehlen?« erkundigte sich Dallow. Ihn amüsierte das Gespräch jetzt. Er hatte das Gefühl, die beiden Männer, was immer sie mit ihm vorhatten, aus dem Konzept gebracht zu haben.
»Sagen Sie einfach, im Strafvollzug kann man nicht nachdenken. Das klingt überzeugend genug.«
»Nicht für alle«, wandte Dallow ein, »es ist eine Frage der Erfahrung. Aber danke für Ihren Rat. Manchmal klingt die Wahrheit wirklich fast überzeugend.«
Er stand auf, verbeugte sich knapp, nahm seinen Mantel vom Kleiderhaken und ging wortlos zur Tür.
»Warum wollen Sie sich nicht helfen lassen?« sagte Herr Schulze, während Dallow den Mantel über den Arm legte und die Tür öffnete. »Sie brauchen eine gute Arbeit und Sie brauchen Hilfe. Und wir können Ihnen helfen.«
Dallow wandte sich um und fragte: »Und warum wollen Sie mir helfen?«
»Weil wir davon überzeugt sind, daß Ihre Verurteilung eine Dummheit war. Heute würde das nicht mehr passieren. Wir sind ein Stück weitergekommen.«
Er war aufgestanden und gleichfalls zur Tür gegangen. Sie standen sich gegenüber und sahen sich in die Augen.
»Ach Gott«, seufzte Dallow, »können Sie mir die zwei Jahre wiedergeben?«
Er ging hinaus und lief den Gang entlang zum Treppenhaus. Hinter sich hörte er Herrn Schulze rufen, er solle warten. Doch Dallow beschleunigte seine Schritte, eilte die Treppe hinunter und ließ die große Eingangstür hinter sich ins Schloß fallen.
Die Sonne schien noch immer warm, der Autoverkehr hatte zugenommen. Dallow lief die ansteigende Dimitroffstraße hoch zu seinem Auto. Er hörte wieder den Ruf »So warten Sie doch«, aber nun klang es unwirklich, als sei es nur ein Echo in seinem Kopf, und er ging weiter, ohne sich umzusehen.
Am Nachmittag fuhr er nochmals ins Zentrum der Stadt. Er

wollte sich eine neue Hose kaufen und ließ sich von der Verkäuferin über die aktuelle Herrenmode belehren. Aber schließlich kaufte er die zuerst ausgesuchte Hose, von der ihm die Verkäuferin abgeraten hatte. Die Hose erschiene ihm vertraut, erklärte er ihr. Einen neuen Wintermantel kaufte er nicht. Er wollte nicht zuviel Geld ausgeben, er wußte, die gesparte Summe mußte es ihm ermöglichen, sich frei zu entscheiden, und er fürchtete, mit unüberlegten oder doch nicht dringenden Einkäufen dieses klägliche Pfand seiner Freiheit zu opfern.

In den nächsten Tagen ordnete er seine Wohnung. Er sah die Schränke in seinem Zimmer und der Küche durch, seinen Schreibtisch, die Schubfächer der Kommode. Er las die Briefe und Dokumente und füllte den kleinen Flur seiner Wohnung mit einem Berg alter Kleidung, Papier und Trödel, den er abends in die Abfalltonnen hinter dem Haus stopfte. Zufrieden betrachtete er die geleerten Fächer, sie erschienen ihm verheißungsvoll. Dallow fühlte sich beim Anblick der freien, glatten Holzflächen gestärkt.
Sein Mittagessen kochte er selbst. Vor seiner Haft hatte ihm Küchenarbeit keinen Spaß bereitet, er hatte diese Arbeiten seinen Freundinnen überlassen oder in der Mensa und in Gaststätten gegessen. Doch in den zwei Jahren, in denen er nur die einfallslose, schlecht gekochte Gefängniskost bekam, hatte er den Plan gefaßt, selbst kochen zu lernen. So stand er jeden Tag eine Stunde in der Küche, ein aufgeschlagenes Kochbuch auf dem Tisch, würzte das Fleisch, putzte und schnitt Gemüse klein und betrachtete interessiert die gar werdenden Speisen in den Töpfen auf dem Herd. In den ersten Tagen hatte er wahllos Gewürze gekauft, und er versuchte nun, das Geheimnis ihrer Kräfte zu ergründen. Die pulverfein gemahlenen, bunten Gewürze überraschten ihn mit ihren wechselnden Wirkungen und der Intensität ihres Geschmacks. Er genoß es nun, Speisen zuzubereiten, und mit der vertrauten Genauigkeit des Wissenschaftlers trug er in das Kochbuch seine Erfahrungen und Entdeckungen der Küche ein.
Jeden Abend fuhr er in die Stadt und besuchte Restaurants, in denen getanzt wurde. Er setzte sich stets an die Bar, trank etwas und beobachtete die Frauen. Er selbst tanzte selten und immer

in der Absicht, sich mit seiner Tänzerin für die Nacht zu verabreden. War die ausgewählte Frau wenig geneigt, mit ihm die Nacht zu verbringen, oder mißfiel sie bei der näheren Bekanntschaft, forderte er sie kein zweites Mal auf, sondern blieb in der Bar sitzen und sah sich weiter um. Nach jedem Barbesuch schlief er mit einer anderen Frau, aber er blieb nie die ganze Nacht. Er wollte nicht an der Seite einer Unbekannten erwachen, er fürchtete die morgendliche Enttäuschung, den Anblick des abgeschminkten und ihn erschreckenden Gesichts. Er wechselte häufig die Gaststätten, um andere Frauen kennenzulernen, aber auch, um ein Wiedersehen mit einer der Bekannten einer Nacht zu vermeiden.

Schon nach wenigen Wochen stellte er diese Barbesuche ein. Der immer gleiche Ablauf dieser Abende und der Bekanntschaften lähmten seine Lust, und er verspürte nur noch die Mühe, die es ihm bereitete, eine Frau anzusprechen und ihr ein paar Schmeicheleien zu sagen. Er wunderte sich, wie schnell jene Gier, die ihn zwei Jahre mit quälenden Tag- und Nachtträumen beschäftigt und gepeinigt hatte, erlosch, und allein ein leidenschaftsloser Widerwillen in ihm zurückblieb. Anfangs versuchte er, den aufkommenden Ekel zu bekämpfen, indem er sich selbst vorhielt, daß er einiges nachzuholen habe. Aber an einem Abend blieb er, ausgehfertig angezogen, in der Küche sitzen, und fand nicht die Kraft aufzustehen, den Mantel überzuziehen und das Haus zu verlassen. Ihm war übel, und er wartete darauf, sich übergeben zu müssen. Als er sich eine halbe Stunde später entschloß, an diesem Tag keine Tanzbar aufzusuchen, keine neuen Damenbekanntschaften zu machen, spürte er unmittelbar darauf, wie sich sein Magen beruhigte. An diesem Abend trank er allein eine Flasche Wein aus und langweilte sich vergnügt mit dem Betrachten alter Fotos.

Am darauffolgenden Abend fuhr er zu Elke. Er klingelte mehrmals an ihrer Wohnungstür und war, als sie nicht an die Tür kam, um zu öffnen, enttäuscht und erleichtert zugleich. Er

setzte sich in sein Auto und fuhr eine Stunde durch die Stadt. Das Autoradio hatte er laut aufgedreht, und er sang oder summte die Melodien mit. Er fuhr langsam, denn der fallende Schnee machte die schlecht geräumten Straßen mit der verfestigten, frierenden Schmutzdecke schmierig, und die Räder des Wagens rutschten in jeder Kurve.
Als er den Bayrischen Platz das vierte Mal überquert hatte, bemerkte er, daß ihm ein Polizeiauto folgte. Er verringerte die Geschwindigkeit und beobachtete das Auto im Rückspiegel. Er bog in die Nebenstraßen ab, fuhr am Universitätsklinikum vorbei und kam wieder über den Bayrischen Platz. Das Polizeiauto folgte ihm mit gleicher Geschwindigkeit. Die Straße war menschenleer und still, nur eine Straßenbahn ohne Anhänger fuhr in die Richtung des Messegeländes. Plötzlich beschleunigte das Polizeiauto, überholte Dallows Wagen, und ein Polizist bedeutete ihm mit der Hand, sein Fahrzeug zu stoppen. Dallow bremste sofort und schaltete das Autoradio leiser. Das Polizeifahrzeug kam erst zwanzig Meter weiter zum Halten und fuhr dann rückwärts an sein Auto heran. Zwei Polizisten stiegen aus und kamen zu ihm. Dallow kurbelte das Fenster herunter und sah sie fragend an. Sie forderten ihn auf auszusteigen. Er schaltete das Licht aus, dann den Motor, zog den Zündschlüssel heraus und kurbelte langsam das Fenster hoch. Danach stieg er aus. Einer der Polizisten, ein kleiner, dicklicher Mann, verlangte seine Papiere und studierte sie lange. Schließlich erkundigte er sich, was Dallow um diese Zeit hier zu suchen habe.
»Ich fahre Auto«, sagte Dallow.
Der Polizist forderte ihn auf, nicht unverschämt zu werden, und notierte sich etwas aus Dallows Papieren. Dann wünschte er den Personalausweis und schrieb weiter in sein Buch. Dallow sah ihm schweigend zu.
Mit Dallows Papieren ging er dann mit seinem Kollegen zweimal um das Auto. Sie betrachteten es intensiv und kauerten

sich sogar hin, um einen Blick unter den Wagen zu werfen. Dann kamen sie wieder zu ihm. Jener, der seine Papiere hielt, forderte ihn auf, ins Auto zu steigen und das Licht und die Blinkanlage einzuschalten. Die Polizisten, einer vor Dallows Wagen, einer dahinter, kontrollierten mit unbewegten Gesichtern die Lampen. Sie kamen an die Tür und befahlen ihm, wieder auszusteigen.

»Ihr Fahrzeug ist nicht betriebsbereit, Bürger«, sagte der kleine Mann.

Dallow sah ihn nur fragend an.

»Ihr rechter Schmutzfänger ist nicht in Ordnung, damit können Sie nicht weiterfahren.«

Sie gingen zusammen hinter das Fahrzeug. Bei einem der hinter den Reifen hängenden Gummilappen war eine Ecke herausgebrochen. »Aber«, begann Dallow, doch er unterbrach sich selbst, als er die lächelnden Gesichter der Beamten sah.

»Wollten Sie etwas sagen?« fragte der Kleine.

Dallow schüttelte den Kopf.

»Sind Sie mit zwanzig Mark Ordnungsstrafe einverstanden?« fragte der Polizist und schrieb, ohne Dallows Antwort abzuwarten, eine Quittung aus.

»Ich stelle Ihnen einen Mängelschein aus«, fuhr der Polizist fort, »Sie bringen den Schaden vor Ihrer nächsten Fahrt in Ordnung. Heute können Sie ausnahmsweise mit dem Fahrzeug noch nach Hause fahren, Bürger. Ausnahmsweise und auf direktem Weg.«

Dallow bezahlte und nahm die Quittung und den Mängelschein entgegen, ohne ein Wort zu sagen.

»Weiterhin gute Fahrt, Bürger«, verabschiedete sich der kleine Polizist und ging mit seinem stummen Kollegen zum Polizeiwagen zurück.

Dallow stieg ein. Als er die Tür schloß und das laute, blecherne Geräusch hörte, wurde ihm bewußt daß er sich ärgerte. Er blieb unbeweglich im Wagen sitzen, um sich zu beruhigen. Er atmete tief und regelmäßig und wartete darauf, daß der vor ihm stehende Polizeiwagen abfuhr. Doch die Beamten saßen in ihrem Wagen und unterhielten sich. Schließlich startete Dallow, schaltete das Licht ein und fuhr langsam los. Während der Fahrt nach Hause kontrollierte er mehrmals im Rückspiegel, ob ihm ein Auto folgte. Aber er sah nur die leere, verschneite, schwach erleuchtete Straße. Noch immer fiel Schnee.

Am Freitag fand er einen Brief in seinem Kasten. Seine Mutter schrieb, sie habe von seiner Schwester gehört, er sei entlassen. Sie wundere sich, wieso er sich nicht melde. Dann schrieb sie zwei Seiten über seinen Vater und die beiden Kinder der Schwester.

Der Brief beschämte ihn. Seit er wieder in Leipzig war, hatte er nicht einmal an sie gedacht. Im Gefängnis hatte ihn seine Mutter in den ersten Monaten besucht, aber die Schwester schrieb dann, daß diese Besuche die alte Frau bereits Tage vorher so aufregten, daß sie Tabletten nehmen müsse, und so hatte er seine Mutter gebeten, nicht mehr zu kommen. Die Mutter widersprach damals nicht, da die einzige Möglichkeit, sich zu sehen und zu sprechen, für beide niederdrückend und beschämend war. Er hatte regelmäßig lange Briefe an sie geschrieben, längere als je zuvor in seinem Leben, und ihre Briefe immer wieder gelesen, weniger aus Anhänglichkeit und Liebe denn zur Zerstreuung. Besucht hatte ihn dann nur noch die Schwester. Sie verstanden sich seit ihrer Kindheit, und ihnen fiel es leicht, mit ironischen Bemerkungen die Peinlichkeiten der Besuche im Gefängnis zu überspielen.

Dallow ging zur Post, um ein Telegramm an die Mutter zu schicken und seinen Besuch für Sonntag anzukündigen. Er mußte sich anstellen und lange warten, und er ärgerte sich, das Telegramm nicht telefonisch aufgegeben zu haben. Dennoch blieb er in der Reihe der Wartenden, bis er endlich am Schalter stand und sein Formular der Beamtin zuschieben konnte.

Auf dem Heimweg überlegte er, weshalb er sich noch nicht bei der Familie gemeldet hatte. Es gab für ihn nichts zu tun; er genoß es, die Zeit zu vergeuden ohne verpflichtende Auflagen und als Befehle vorgetragene Ermahnungen. Bei den flüchtigen Frauenbekanntschaften hatte er darauf geachtet, daß man sich trennte, ohne über ein Wiedersehen zu sprechen oder es auch nur grußweise anzudeuten. Er hatte keinerlei Verabredungen getroffen, um völlig frei zu sein, und er war erstaunt, wie leicht es ihm fiel. Anfangs glaubte er, sich mit Notlügen und Ausflüchten retten zu müssen, um jeder noch so unbedeutenden Abhängigkeit zu entgehen. Aber wenn jener Moment des Abschieds kam, in dem das Gespräch stockte und man sich fast bewegungslos gegenüber saß, jener Moment, in dem nichts anderes gesagt werden konnte als eine vage und belanglose Bemerkung über die Möglichkeiten eines Wiedersehens und in dem jeder andere Satz nur überdeutlich machte, was verdeckt werden sollte, die wenigen Sekunden, bevor er endlich aufstand, um seinen Mantel überzuziehen und sich dabei hingebungsvoll dieser scheinbar schwierigen Beschäftigung widmete, während die Frau liegenblieb und zusah oder schon an die Tür ging, um sie zu öffnen, in diesen Momenten des Gehens brauchte Dallow, wie er schnell bemerkte, nur zu schweigen, um verstanden zu werden, ohne sich erklären zu müssen. Es ist einfach, wegzugehen, stellte er fest, wenn man nur auf Worte verzichtet. Worte komplizieren den einfachsten Sachverhalt und erklären letztlich auch nichts. Und er war zufrieden, auf eine ihm so angenehme und angemessene Weise die Probleme lösen zu können oder vielmehr, nicht auf sie eingehen zu müssen.

So hatte es nie Verabredungen gegeben, es gab keine Termine, keine Verpflichtungen, die er bei seinem In-den-Tag-Leben berücksichtigen mußte. Noch hatte er sich, von wenigen und eher zufällig sich ergebenden Ausnahmen abgesehen, bei keinem seiner Freunde und Bekannten gemeldet. Er wollte langsam beginnen und allein, er brauchte Zeit. Er merkte, daß er lernen mußte, außerhalb der Zelle zu leben. Belanglosigkeiten waren neu zu trainieren, denn die Worte und Gesten hatten draußen einen anderen Sinn als drinnen. Die Zelle, so stellte er nun fest, war auch ein vertrautes Umfeld gewesen, ein Zuhause, in dem er geborgen war, und die Freiheit, so erwünscht und ersehnt auch immer, war ihm fremd geworden und unheimlich.

Er begriff, daß er dabei war, sich wieder eine Zelle zu schaffen, abgeschlossen und abgeschieden, ängstlich darauf bedacht, die Zellentür zuzuhalten. Er ahnte nun, weshalb er sich nicht bei seinen Freunden gemeldet hatte. Es war ihm recht, keinen Besucher empfangen, nirgendwohin gehen zu müssen. Ihn schreckten die ersten Gespräche, die umständlichen, schonungsvollen Fragen nach der Zeit im Gefängnis, seine immer gleichen Antworten, seine Ausflüchte, um nicht die ihn langweilenden Details der letzten Jahre zu erörtern. Man würde ihm Mitgefühl bekunden wollen, und eben das zwänge ihn, jene Zeit, die er gründlich und rasch vergessen wollte, sich immer wieder ins Gedächtnis zu rufen, sich vor Augen zu führen, um sie zu beschreiben und schließlich auszumalen, wilder, farbiger und fürchterlicher, als sie tatsächlich gewesen war. Es freute ihn, diesen Gesprächen zu entgehen, aber gleichzeitig war er verwundert, daß nicht einer seiner Freunde bei ihm erschienen war. Natürlich, er mußte sich melden, zurückmelden, aber dennoch hatte er das Gefühl, daß seine Bekannten eine Begegnung mit ihm vermieden. Harry, Roessler, Sylvia, so viele hatten ihn bereits gesprochen, es mußte längst bekannt sein, daß er nicht mehr in Haft war. Aber sie ließen ihn in Ruhe. Es war ihm recht, dennoch verwirrte es ihn. Zweifellos war er nun für einige seiner Bekannten, zumal für die älteren, mit einem Makel behaftet. Gefängnis ist, was immer der Haftgrund war, für sie ehrenrührig. Das beunruhigte ihn nicht, damit hatte er sich abgefunden. Er wußte, daß ihn diese zwei

Jahre fortan und auf irgendeine Weise bis zu seinem Tod begleiten würden. Er würde immer der Mann sein, der zwei Jahre gesessen hatte, unvergeßlich ihm und den anderen. Das ist wie eine Hasenscharte, sagte er sich, man muß lernen, damit zu leben. Und die anderen hinderte, ihn aufzusuchen, vielleicht eben jenes Mitgefühl, das sie anderenfalls dazu nötigen würde, sich nach dieser schändlichen Zeit bei ihm zu erkundigen. Offenbar war es unangenehm für alle Seiten. Er sprach nicht gern darüber, und die Bekannten wollten es nicht hören. Und da sie glaubten, verpflichtet zu sein, ihn dennoch danach fragen, sich mitleidig erkundigen zu müssen und damit ihn und sich nur belästigen würden, zogen sie vor, ihn zu meiden. Mitgefühl ist eine schöne Sache, dachte er und lächelte zufrieden. Er hatte seine Ruhe, jedenfalls vorerst.

Als er ins Haus gehen wollte und bereits die Tür geöffnet hatte, sah er Stämmler die Straße heraufkommen. Er wartete. Stämmler sah ihn erst, als Dallow auf ihn zutrat und sich ihm in den Weg stellte. Stämmler schreckte leicht zusammen, begrüßte ihn dann aber herzlich. Er wohnte im Nachbarhaus, im obersten Stockwerk. Gelegentlich hatten er und seine Frau Dallow besucht oder ihn zu sich eingeladen, vielleicht zwei-, dreimal im Jahr. Stämmler arbeitete als Ingenieur und Ökonom in einer Leipziger Maschinenfabrik und war für den Export von Druckmaschinen zuständig. Dallow schätzte seine Intelligenz und seinen Witz und hörte gern die verrückten Geschichten, die Stämmler aus seinem Betrieb oder von den eigenen Handelsgeschäften erzählte.

Dallow bemerkte vergnügt, daß Stämmler verlegen und sogar etwas rot geworden war. Er hörte schweigend zu, als dieser ihm versicherte, nicht gewußt zu haben, daß er bereits wieder zurück sei. Er, Stämmler, würde sich freuen, ihn an einem der nächsten Abende zu sehen. Auch Stämmler vermied es, das Wort Gefängnis auszusprechen. Dann schwiegen beide. Eine junge Frau, die einen Schlitten mit einem Kind hinter sich

herzog, kam auf sie zu. Sie traten zur Seite, um sie vorbeizulassen. Das Kind auf dem Schlitten zielte mit einem kleinen roten Maschinengewehr aus Kunststoff auf sie und ahmte dabei ein ratterndes Schießen nach. Die Mutter zog, leicht vornübergebeugt, schwer an dem Schlitten auf dem gefegten, fast schneelosen Bürgersteig und sagte, ohne sich umzudrehen: »Laß das, Silvio.«
Die Männer blickten dem Kind hinterher, das in Wolldecken gehüllt und mit grimassierendem Gesicht weiter sein Spielzeug auf sie gerichtet hielt und sie mit imaginären Salven überschüttete.
Dallow wandte sich an Stämmler und erkundigte sich nach dessen Frau.
»Das kannst du nicht wissen«, erwiderte Stämmler, »wir haben noch ein Kind bekommen.«
Dallow gratulierte.
»Es ist wieder nur ein Junge«, wehrte Stämmler ab, »dabei war Doris diesmal ganz sicher, daß es ein Mädchen wird.«
»Wie alt ist der Kleine?«
»Etwas über ein Jahr. Er heißt Alexander.« Und melancholisch fügte er hinzu: »Es sollte eine Susanne werden. Aber nun geben wir es auf.«
Er nahm das Einkaufsnetz in die andere Hand und hauchte auf die geröteten Finger. Dann stampfte er mit den Füßen auf und lächelte den verlegen schweigenden Dallow an. »Ich muß gehen«, sagte er schließlich, »Doris wartet. Besuch uns mal. Du weißt ja, du bist immer gern gesehen. Und wir sind fast jeden Abend zu Hause. Wegen der Kinder.«
Sie verabschiedeten sich. Auf den wenigen Metern bis zu seinem Haus wandte sich Stämmler zweimal um und winkte dem vor seiner Haustür stehenden Dallow zu.
An diesem Abend fühlte Dallow erstmals die Trostlosigkeit und beunruhigende Leere der Einsamkeit. Er lief in seinen Räumen umher und durchwühlte die fast leeren Fächer seines

Schreibtisches. Er ertappte sich dabei, wie er auf einem der Küchenstühle saß und gegen die Wand klopfte, auf ein antwortendes Klopfzeichen wartend. Im Gefängnis hatte er sich nie einsam gefühlt. Dort gab es merkwürdige, Neugier erwekkende Zellennachbarn, er lernte Menschen kennen, mit denen er bisher nie zusammengekommen war und deren Äußerungen und Verhalten ihn bis zum Schluß überraschten. Sie blieben ihm fremd, manchmal auch unheimlich. einigen ging er aus dem Weg, weil er sie fürchtete, andere mied er, weil sie ihn abstießen oder weil er sich vor ihnen ekelte, aber es gab auch immer welche, mit denen er sich lange unterhielt oder denen er einfach zuhörte. Und es gab die kurzen, aber regelmäßigen Begegnungen mit den für ihn zuständigen Beamten. Er haßte und verachtete sie ausnahmslos und war nicht bereit, diesen Menschen gegenüber Unterscheidungen zu treffen. Die Streitgespräche mit ihnen hatte er bald aufgegeben, da sie unsinnig waren und für ihn keine praktischen Folgen hatten. Aber auch seine wortlose Verachtung hatte ihn gestärkt und hoffen lassen, und die lächerliche, nichtssagende Solidarität mit seinen Zellengenossen, eine Solidarität, die lediglich einer vergleichbaren Situation geschuldet war und nicht die kleinste, banalste Auseinandersetzung zwischen ihnen überlebte, hatte ihm Ruhe und Sicherheit gegeben.

Er betrachtete die geröteten Fingerknöchel und bezwang seine unsinnige Lust, weiter gegen die Küchenwand zu trommeln. Es erstaunte ihn, wie wenig er für die Freiheit tauglich und vorbereitet war. Er hatte es nicht für notwendig erachtet, sich darauf einzustellen, überzeugt, er werde nach seiner Entlassung ein Leben führen wie in den Jahren vor seiner Inhaftierung, in ihm bekannte Verhältnisse zurückkehren und. von der Gewohnheit geführt, sich wie früher dem behutsamen und trägen Fluß des Alltags überlassen können. Ihn überraschte, daß diese früheren Jahre, sein früheres Leben für ihn unerreichbar waren und keine Anknüpfung zuließen. Er sagte sich zwar immer wieder, daß dies für ihn die Chance eines vollständig neuen Anfangs sei, der seltene Glücksfall eines wirklichen Neubeginns, den es nur wahrzunehmen gelte. Tatsächlich aber war er beherrscht von einer ihm kaum erklärlichen Unruhe, die ihn umtrieb und verunsicherte, und es fiel ihm schwer, den Wunsch zu unterdrücken, sich ans Klavier zu setzen und eine der wenigen Sonaten zu spielen, die er auswendig konnte.

Um Mitternacht, als er, ohne es beabsichtigt und bewußt wahrgenommen zu haben, eine Schnapsflasche geleert hatte und sich ins Bett fallen ließ, war als einziger klarer Gedanke seines Grübelns und seiner Selbstgespräche die Entscheidung übriggeblieben, am nächsten Vormittag seine Wohnung gründlich zu säubern.

Er erwachte spät und mit Kopfschmerzen, die auch eine kalte Dusche nicht vertrieb. Bis zum Abend war er mit der Reinigung der Zimmer beschäftigt, erstaunt von dem scheinbar unerschöpflichen Schmutz, der Fußböden und Möbel seiner Wohnung überzogen hatte. Die Arbeit strengte ihn an, da er sie nur widerwillig und die damit verlorene Zeit bedauernd ausführte. Er war so erschöpft, daß er keinen Appetit hatte, sondern sich am Abend nur noch mit einer Tasse Kaffee vor den Fernseher setzten konnte. Er hörte die Nachrichtensprecherin und sah die Bilder, ohne sie wirklich wahrzunehmen. Als er bemerkte, daß er einschlief, stand er auf, schaltete den Fernseher ab und ging ins Bett. Um zwei Uhr nachts wurde er wach, er glaubte, das Klingeln des Telefons gehört zu haben. Er blieb im Bett liegen und lauschte, aber es blieb still. Er lag dann lange wach, dachte weiter über sich nach und schlief erst wieder ein, nachdem er den Wecker gestellt hatte.

Um acht Uhr war er bereits auf der Autobahn. Er fuhr nicht schnell und beschleunigte sorgsam. Er fürchtete, sein Auto könne durch den langen Stillstand gelitten haben und sei untauglich für eine größere Fahrt, aber der Motor lief ruhig und ohne ungewöhnliche Nebengeräusche. Er nahm es wiederum erfreut zur Kenntnis, und während der ganzen Fahrt sprach er zärtlich mit seinem Auto, mahnte es zur Vorsicht und ließ der Maschine die freundlichsten Ermunterungen zuteil werden. Er war sich bewußt, daß sein Verhalten lächerlich war, und die ihn überholenden Fahrer mußten, sofern sie im Vorbeifahren einen Blick auf ihn warfen, den Eindruck gewinnen, er sei geistig gestört oder ungemein erregt. Dallow grüßte dann höflich und rief dem verwundert blickenden Beobachter durch die geschlossene Scheibe etwas Unhörbares zu.

Mittags traf er in dem Dorf seiner Eltern ein, einer winzigen Ortschaft, die seine ganze Kindheit ausmachte. Vierzehn Jahre lang hatte er dieses Dorf nur so weit verlassen, wie er mit seinem klapprigen Fahrrad fahren konnte. Er erinnerte sich nur selten daran, dennoch tauchte es als Kulisse in all seine Träumen auf, so als sei jedes spätere Geschehen, jede dieser ihm kaum bewußten, am anderen Morgen nur ungefähr erinnerbaren Fantasien seiner nächtlichen, unwirklichen Wirklichkeit von Ereignissen verursacht, die allesamt hier ihren Ursprung hatten, so daß er auf eine ihm nicht bewußte und völlig unverständliche Weise mit dem Dorf verbunden blieb.

Hier hatte alles seinen Anfang genommen, waren seine Sehnsüchte und unaussprechbaren Wünsche entstanden, die ihn auf den Flügeln seiner Tagträumereien, angeregt von den aus der Gemeindebibliothek entliehenen Büchern, immer wieder aus dem kleinen Nest trugen in versunkene Zeiten und reiche, glücklichere Welten, bis sie ihn eines Tages tatsächlich aus dem Dorf führten und zu einer anderen Natur des Lebens. Jetzt, als er nach seiner Entlassung aus der Haft zum erstenmal wieder ins Dorf fuhr, ahnte er, daß Gewinn und Verlust in seinem Leben sich stets die Waage hielten und er bislang und bis zum Ende seiner Tage einem Nullsummenspiel aufsitzen würde.

Das Haus seiner Eltern stand inmitten des Dorfes, gegenüber der kleinen Straßengabelung, die die ehemalige Schule und den winzigen Schulgarten wie eine Insel umschloß und an Feiertagen in Ermangelung eines geeigneteren Dorfplatzes als öffentlicher Versammlungsort genutzt wurde.

Dallow parkte seinen Wagen vor dem Hoftor. Er warf einen Blick auf die Steintreppe und das zementierte Podest mit den beiden kleinen gußeisernen Bänken an den Seiten und die dahinterliegende, zweiflügelige Eingangstür. Er verzichtete darauf hinaufzugehen. Diese Tür war, seit das Haus stand, an kaum mehr als zwanzig Tagen geöffnet worden, und das waren Tage, an denen im Haus eine Hochzeit gefeiert wurde oder die Gäste einer Beerdigung bewirtet wurden. Selbst an den Geburtstagen blieb sie verschlossen, die Freunde aus dem Dorf gingen nach ihrer Gewohnheit über den Hof ins Haus.

Als Dallow den Hof betrat und einen Blick über Scheune und Stallung warf, schien ihm alles unverändert. Aber dann sah er das ausbesserungsbedürftige, zukunftslose Dach, die zerbrochene Stalltür, das in einer Hofecke sich stapelnde, unbrauchbar gewordene Gerät, und betroffen versuchte er, das Alter seines Vaters zu errechnen. Er ging durch die kleine Veranda, die die Rückseite des Hauses mit dem Hof verband. In der Küche begrüßte er seine Mutter und umarmte sie. Sie streichelte unablässig seine Hände und befragte ihn, ohne sich die Zeit zu lassen, eine Antwort anzuhören. Dann rief sie den Vater und drängte beide Männer, sich in die Veranda zu setzen. Sie holte Bier, Schnaps und Zigaretten und lief wieder in die Küche, um das Essen vorzubereiten. Und immer wieder sah sie kurz zu den Männern in der Veranda, stellte eine Frage und verschwand, ehe ihr Sohn antworten konnte.

Dallow saß schweigend neben dem Vater auf der Eckbank der Veranda. Sie stießen mit den kleinen Gläsern an und betrachteten sich verstohlen. Dallow schien es, daß sein Vater in den letzten beiden Jahren schneller gealtert war. Bei seinem Eintreten hatte er bemerkt, daß der Vater das rechte Bein nachzog, aber da er es offenbar verbergen wollte, fragte Dallow nicht,

sondern wartete, daß der Vater darüber zu sprechen beginne. »Ich habe dich nicht besucht«, begann der alte Bauer schließlich, »weil ich ...«
Er stockte, und sein Sohn nickte und sagte: »Das verstehe ich, Vater, das war auch besser so. Außerdem weiß ich, daß dich der Hof nicht wegläßt.«
Der alte Mann kniff die Augen zusammen und sah auf seinen Hof hinaus. Er schüttelte langsam den Kopf und erwiderte: »Nein, Peter, es war nicht der Hof. Ich habe dich nicht besucht, weil ich es nicht konnte.«
Dallow bemerkte, wie die Hände seines Vaters zuckten, und hatte den Wunsch, seine Hand darauf zu legen, um sie festzuhalten. Aber er wandte nur den Kopf und blickte gleichfalls in den Hof. Doch alles, was ihm dort auffiel, war der Verfall der Ställe und der Scheune. Er sah dem Hof an, daß sein Vater aufgegeben hatte. »Es war gut so«, sagte er, »das war kein Ort, wo man Besuche macht.«
Unzufrieden schüttelte der Bauer wieder den Kopf. »Nein«, sagte er eigensinnig, »das war's nicht. Ich bin nicht gekommen, weil es mir unmöglich war, meinen Sohn im Gefängnis zu besuchen.«
Dallow sah den Vater an und entgegnete ungewollt scharf: »Es gab nichts, dessen ich mich zu schämen hätte. Es war nicht einmal eine Dummheit.«
»Aber es war Gefängnis«, beharrte der Vater unnachgiebig.
Dallow war es leid, sich nochmals zu rechtfertigen, nur um nochmals verurteilt zu werden. »Ach, Vater«, seufzte er, »Gefängnis ist auch nur eine Gelegenheit, um die Zeit totzuschlagen.«
»Das sehe ich anders«, sagte der Alte, »und ich denke, in diesem Dorf, in dem du aufgewachsen bist, hat man eine andere Meinung dazu als du.«
»Gewiß. Hier hat man zu verschiedenen Dingen eine andere Meinung. Damit muß ich mich abfinden.«

Eine Kuh blökte, und zwei andere Kühe antworteten ihr.
»Es ist nicht die Art zu leben, zu der ich dich erzogen habe«, sagte der Vater, trank sein Bierglas aus und stellte es hart auf den Tisch zurück.
»Es war nicht mein Wunsch, zwei Jahre in einem Gefängnis zu sitzen. Aber meine ganze, mir erkennbare Schuld besteht darin, daß ich ein bißchen Klavier spielen kann. Und daran hast du und Mutter mehr Anteil als ich, denn ihr habt mich vier Jahre lang jede Woche in die Stadt geschickt, ihr habt eine Musiklehrerin bezahlt und im Wohnzimmer für mich ein Klavier aufgestellt. Wenn ich im Ergebnis von so viel aufgewandter Mühe im Gefängnis lande, ist das nicht meine Schuld. Es ist, und du wirst es noch wissen, mir schwergefallen, Klavierspielen zu lernen. Und wenn ich den vollen Preis vorher geahnt hätte, glaub mir, ich hätte mich hartnäckiger und erfolgreicher gegen euren Wunsch gewehrt.«
Der Vater sah ihn stumpf und verständnislos an. Und bevor der alte Mann Zeit und Worte gefunden hatte, um seine Frage zu formulieren, antwortete ihm sein Sohn: »Ja, Vater, die Wahrheit ist so lächerlich. Jede unsinnige Vermutung ist glaubwürdiger.«
»Du vergißt, daß du deiner Mutter das schriftliche Urteil gegeben hast. Ich habe das Papier mehr als einmal gelesen. Da steht nichts drin von einem Klavier.«
»Das bedeutet nur, daß die Wahrheit derart jämmerlich war, daß selbst der Richter sich scheute, sie in den Mund zu nehmen.«
Die beiden Männer sahen sich so unverwandt in die Augen, als käme ein Abwenden des Blicks oder ein Lidschlag einem Gottesurteil gleich, und Hans-Peter Dallow begriff, daß die Trostlosigkeit seines Vaters mit seinem Erscheinen nicht beendet war, daß die Gefängnisstrafe seines Sohnes für ihn eine schmachvolle Kränkung war, die er unbeteiligt hinzunehmen hatte, ohne die Möglichkeit, sich aufzulehnen und damit einem per-

sönlichen Rechtsgefühl Genugtuung zu verschaffen, um der eigenen Ehre willen. Und Dallow verstand, daß er seinem Vorsatz untreu werden mußte und seinem Vater die ganze umständliche Banalität zu erzählen hatte, um ihm die Chance zu geben, seinen Frieden zu finden.
Er griff nach dem Glas, schluckte mit dem Schnaps seinen Widerwillen herunter und erzählte von jenem Dienstag, an dem um zwei Uhr nachmittags an die Tür seines Arbeitszimmers geklopft wurde, in dem er mit Roessler saß, und drei Studenten eintraten, von denen er einen aus den eigenen Seminaren, die anderen beiden aber von Aufführungen des Studentenkabaretts kannte und die er deshalb freundlich begrüßte und keineswegs als das erkannte, was sie in Wirklichkeit für ihn waren: die Boten seines Unheils, die drei schwarzen Raben, die, statt einer nach dem anderen, zusammen bei ihm erschienen, um ihre düstere Vorankündigung zu krächzen. Die Studenten baten ihn, ihre für den nächsten Abend angekündigte Premiere zu retten. Ihr Pianist war am Vormittag mit einem Magendurchbruch in die Universitätsklinik eingeliefert worden, und sie mußten, um ihre Vorstellung zu retten, einen neuen, von ihren Auftritten überzeugten Klavierspieler finden, der bereit war, in den wenigen verbliebenen Stunden ihr Programm einzustudieren.
»Tatsächlich«, sagte Dallow, »waren die Studenten fürchterliche Dilettanten, die einen Musiker suchten, der zu ihnen paßte. Deswegen kamen sie zu mir.«
Er hatte den Studenten erwidert, daß er dies nur als eine Einladung ansehe, mit geschlossenen Augen in einen unbekannten Abgrund zu springen. Er lehnte ab. Die Studenten jedoch, in aussichtsloser Lage, gaben nicht auf. Sie erklärten wiederholt ihre Situation, baten und bettelten und versprachen, daß er nur bei zwei Vorstellungen einspringen solle; die dritte Vorstellung sei eine Woche später, und bis dahin sei entweder ihr eigener Pianist, der auch die Kompositionen ge-

schrieben hatte, aus dem Krankenhaus entlassen, oder sie hätten einen anderen für ihr Programm gewonnen. Die Aufführung, sagten sie, sei von der Kreisleitung der Universität abgenommen worden, so daß keineswegs die Gefahr eines Verbots oder irgendwelche Unannehmlichkeiten zu befürchten seien, falls hier ein Grund für Dallows Zögern liege. Darüber lachte Dallow nur und erwiderte: »Das Problem ist mein Darm. Genehmigte Witze verursachen mir Krämpfe.«

Doch dann nahm er ihnen die Partitur aus der Hand und versprach, einen Blick hineinzuwerfen. Abends um sieben, nachdem er zu Hause zwei Stunden lang geübt hatte, was ihm umso leichter gefallen war, weil es sich vornehmlich um alte, bekannte Lieder und Schlager handelte, deren Texte mehr oder weniger witzig verändert waren, riefen ihn verabredungsgemäß die Studenten an. Er versprach, zu ihrer Probe zu kommen. Alles, was er für die Vorstellung verlangte, war eine übergroße Sonnenbrille. Ihn schrecke, wie er sagte, nicht die Möglichkeit, von seinen Studenten und Kollegen erkannt zu werden, vielmehr fürchte er, das Publikum mit seinem schamroten Gesicht zu blenden.

Die letzte und für ihn einzige Probe des Studentenkabaretts war, wie er sagte, ein Fest der Stümper. Nach jedem Lied entschuldigte sich der jeweilige Sänger bei ihm, und Dallow hörte sich finster und schweigend seine Erklärungen an. Sie verabredeten, daß er fortissimo spielen werde, um den Studenten einen festen Halt zu geben.

»Und ich wünschte«, sagte Dallow zu seinem Vater, »ich hätte in der Premiere tatsächlich so laut gespielt, daß keiner der Besucher auch nur ein Wort hätte verstehen können.«

Die Vorstellung bekam freundlichen Beifall. Den größten Spaß allerdings hatten die Studenten selbst, als sie sich bei der anschließenden vierstündigen Premierenfeier aller Versprecher und technischen Pannen erinnerten, die ihnen auf der Bühne zugestoßen waren.

Nach einer kurzen Nacht wurde Dallow am nächsten Morgen um acht Uhr früh von dem Klingeln zweier uniformierter Beamter geweckt, die einen Haftbefehl vorwiesen und ihn ins Untersuchungsgefängnis brachten.
»Ich habe die ersten zwei Tage in der Zelle gesessen, Vater, und gerätselt, weshalb. Ich war mir sicher, es mußte ein Irrtum sein«, sagte er eindringlich.
Von seiner Zelle aus, in der er elf Wochen verbrachte, konnte er den Gefängnishof, eine Mauer und die Flurfenster seines Instituts sehen, das im zweiten Stock eines Gebäudes untergebracht war, welches die Universität bald nach Kriegsende vom Bezirksgericht für eine befristete Zeit gemietet hatte. Er starrte häufig zu seiner Arbeitsstelle hinüber und entdeckte Mitarbeiter und Studenten an den geöffneten Flurfenstern, aber die Entfernung war so groß, daß er nie sicher war, ob sie tatsächlich dort standen oder er einer Täuschung unterlag. Da er die Fenster des Instituts, die zum Untersuchungsgefängnis zeigten, nie zuvor von außen gesehen hatte, war er bis zu seinem letzten Tag in dieser Zelle ungewiß, ob jene Fenster wirklich die waren, für die er sie ansah.
Die Anklage lautete auf Verächtlichmachung führender Persönlichkeiten des Staates. Von seinem ihm vom Gericht zugeteilten Verteidiger ließ Dallow sich die Anklage erläutern. Von ihm erhielt er auch die Liedtexte, auf denen die Anklage gründete und die er in der Zelle zum erstenmal zu Gesicht bekam, da er sich während Probe und Vorstellung nicht damit hatte befassen können. Es war der Text eines Tangos aus den zwanziger Jahren, der durch leichte Veränderung am Original nun halbherzig und fade, wie Dallow fand, den greisen Führer des Staates verspottete.
»Der Text ist miserabel«, sagte Dallow, nachdem er das Blatt durchgelesen hatte.
Der Verteidiger nickte und sagte erfreut: »Sagen Sie das dem Gericht.«

»Er hat keinen Witz«, fuhr Dallow fort, »dem Lied fehlt Esprit und Biß.«
Herr Kiewer, sein Verteidiger, sah ihn verständnislos an. Dann nickte er ergeben und sagte resigniert: »Ich schlage vor, Sie verzichten darauf, dem Richter ihre Ansichten zu diesem Text darzulegen. Beschränken wir uns darauf, in der Verhandlung die Fragen mit ja oder nein zu beantworten.«
Dallow war damit einverstanden. Ihn überraschte jedoch, daß dies der einzige Satz war, mit dem ihm der Verteidiger seine Taktik vor Gericht erläuterte. Und als der Anwalt bei seinem einzigen Besuch in der Zelle des Untersuchungsgefängnisses ihn schon nach acht Minuten wieder verlassen wollte, fragte Dallow besorgt, ob alles gesagt sei, was er wissen müsse.
Kiewer, ein fünfzigjähriger, beleibter Mann, war bereits aufgestanden und griff nach seinem Mantel. Er wandte sich in der geöffneten Zellentür nochmals zu Dallow, breitete in einer gewohnten Geste die Arme aus, die schwarze Aktentasche in der rechten Hand pendelte hoch über dem Fußboden, und erklärte: »Wenn Sie noch eine Frage haben, bitte. Meine Zeit gehört Ihnen, verfügen Sie über mich. Aber vergessen Sie nicht, ich verteidige Ihre ganze Gruppe. Und überdies habe ich noch andere Mandanten.« Dallow wurde verlegen. Er hatte keine weiteren Fragen an seinen Verteidiger und entschuldigte sich mit den Worten: »Mir fehlt die Erfahrung. Schließlich sitze ich das erste Mal im Gefängnis.«
Kiewer wirkte verständnisvoll. »Machen Sie sich keine Gedanken«, sagte er und nickte dabei dankend dem Beamten zu, der darauf wartete, die Tür verschließen zu können, »Ihr Fall sieht gar nicht so schlecht aus.«
Dallow sah seinen Vater und wiederholte: »Ihr Fall sieht nicht schlecht aus, sagte er wortwörtlich. Mein Gott, Vater, wie lange hätte ich sitzen müssen, wenn mein Fall schlecht ausgesehen hätte?«
Drei Wochen später war die Verhandlung. Dallow erklärte

seine Unschuld und begründete sie mit dem Umstand, daß er den Text jenes Liedes, dem seine Verhaftung geschuldet sei, erst im Gefängnis kennengelernt habe. Dem Richter erschien diese Begründung unglaubhaft, da Dallow dieses Lied mit der Studentengruppe geprobt habe.
Dallow wiederholte, was er bereits seinem Anwalt in der Zelle gesagt hatte: »Ich habe die Noten vierundzwanzig Stunden vor dem Auftritt erhalten. Zwei Stunden habe ich allein geübt. In der restlichen Zeit und noch während der Premiere versuchte ich, den Studenten den Hauch einer Ahnung von jenem musikalischen Phänomen zu vermitteln, welches wir Rhythmus nennen. Wie sollte ich da noch auf den Text achten. Schließlich hatte ich die ganze Zeit über das Gefühl, daß ich meine Zeit sinnvoller nutzen würde, wenn ich eine Farbenlehre für Blindenschulen schriebe.«
Der Richter antwortete fast mit den gleichen Worten, die drei Wochen zuvor der Anwalt in der Zelle Dallow erwidert hatte: »Das wäre für alle besser gewesen.«
Das Urteil lautete für alle Angeklagten gleich: einundzwanzig Monate Gefängnis unter Anrechnung der Untersuchungshaft, da sich keiner als Urheber jenes Textes bekannte, sondern die Studenten übereinstimmend aussagten, daß jenes Lied mit allen Veränderungen während einer gemeinsamen Probe spontan entstanden sei. Dallow, der wie alle Verurteilten die Gelegenheit erhielt, sich zu der ausgesprochenen Strafe zu äußern, hatte, zu dem Richter gewandt, lediglich gesagt: »Ich bin erstaunt, daß Sie mich nicht zu einundzwanzig Jahren verurteilen. Schließlich ist das für Sie nur ein anderes Wort.«
Der Richter hatte ihn für diese Bemerkung zwar ernsthaft, aber mit einem zufriedenen Lächeln gerügt.
Dallow spielte mit dem leeren Bierglas und wartete, daß der Vater auf seinen Bericht reagierte. Der alte Bauer blickte hilflos auf seine Hände und atmete vernehmlich, aber er schwieg. So ergänzte Dallow seine Geschichte mit der Bemerkung: »Ich

mußte das dem Richter sagen, Vater. Er sollte wegen meiner Verurteilung nicht eine schlaflose Minute haben. Das wollte ich mir nicht antun.«

»Das Essen steht auf dem Tisch, kommt«, sagte seine Mutter. Sie stand an den Türrahmen gelehnt, und nur das leise Zittern ihrer Stimme verriet, daß sie ihrem Sohn zugehört hatte.

»Einundzwanzig Monate«, sagte der alte Mann, und das war alles, was er, nachdem er den Bericht seines Sohnes vernommen und darüber nachgedacht hatte, sagen konnte.

»Vergeßt einfach alles«, sagte Dallow und legte eine Hand auf den Arm des Vaters, »ich selbst kann mich an diese Zeit kaum noch erinnern.«

Er stand auf und folgte seiner Mutter ins Wohnzimmer.

Nach dem Mittagessen setzten sie sich wieder in die Veranda. Die Mutter erzählte von Gerda, Dallows Schwester, die mit ihrem Mann und den Kindern in der Kreisstadt lebte. Dann sagte sie, daß Marion endlich ein Kind bekommen und sie mit dem Baby ganz stolz besucht habe. Marion war Dallows geschiedene Frau. Mit neunzehn Jahren hatten sie geheiratet und ein Jahr später sich scheiden lassen. Jetzt wohnte Marion im Nachbardorf, Dallow hatte sie seit der Scheidung nicht mehr gesehen. Schweigend hörte er seiner Mutter zu, und auch, als sie sich unterbrach und ihn fragend ansah, reagierte er nicht. Die Mutter wechselte nach einer kurzen Pause das Thema und sprach über die Kriegsverletzung ihres Mannes, der mit einem kaputten Bein von der Front zurückgekommen war.

»Es hat fünfundzwanzig Jahre lang Ruhe gegeben, aber nun meldet es sich wieder«, sagte sie. »Du weißt ja, Vater klagt nie, und er geht zu keinem Arzt. Aber in seinen Träumen schreit er so laut, daß ich davon wach werde.«

»Du irrst dich, Margarete«, fiel ihr der Bauer ins Wort, »ich schreie nicht, und ich träume nicht. Ich spreche laut vor mich hin, weil ich weiß, daß du mir dann zuhören mußt, ohne mich ständig unterbrechen zu können.«

»Rede keine Dummheiten daher«, verwies sie ihn. Und zu ihrem Sohn sagte sie: »Sieh dir an, wie er läuft. Oder sieh dir unseren Hof an, dann weißt du alles.«
Der Bauer knurrte ärgerlich. »Was willst du? Soll ich die Scheune neu eindecken? Für wen? Genausogut kann ich alles verkaufen, und wir ziehen in die Stadt. In eine dieser Wohnungen, wo man nichts anderes zu tun hat, als einen Hahn aufzudrehen und irgendeinen Knopf zu drücken.«
Dallow schwieg. Er wußte, wie verzweifelt der Vater war, weil keins der Kinder den Hof übernehmen wollte. Aber er selbst war von alledem zu weit entfernt, er gehörte nicht mehr hierher, hier war seit langem nicht sein Zuhause, hier konnte er nicht mehr leben.
Eine Stunde später ging er mit der Mutter in den Stall, um das Vieh zu füttern. Er hatte die Gummistiefel des Vaters angezogen und warf vom Stallboden Stroh und Heu herunter. Dann schnitt er das alte Brot und beantwortete dabei geduldig die vielen kleinen Fragen der Mutter. Mehrmals mußte er ihr bestätigen, daß es ihm gutgehe, und nur einmal wußte er nichts zu erwidern, als sie unvermittelt sagte: »Der Garten muß umgegraben werden. Ich weiß nicht, was ich machen soll. Vater kann nicht mehr.«
Am Abend ging er zum Bahnhof und rief vom Zimmer des Vorstehers seine Schwester in der Kreisstadt an. Sie verabredeten sich für den nächsten Abend bei ihr.
Der Bahnbeamte saß an seinem Schreibtisch, hatte den Kugelschreiber aus der Hand gelegt und sich zurückgelehnt, um dem Telefonat zuzuhören. Wenn ihm eine der Bemerkungen Dallows richtig erschien, nickte er zustimmend.
Nach dem Gespräch warteten sie auf den Rückruf des Fernamtes, das die Gebühren anzusagen hatte. Der Bahnbeamte bot ihm an, sich zu setzen, aber Dallow blieb stehen und betrachtete den Streckenplan an der Wand hinter den drei Telefonapparaten. Ihm gefiel die Karte, auf der das Land nur aus den

Erfordernissen und Interessen der Bahngesellschaft gesehen war. Verzeichnet waren darauf nur jene Städte und Verkehrsverbindungen, die für die Bahn eine Bedeutung hatten. Wo es keine Schienen gab, zeigte die Karte weiße Flecken, Niemandsland, Wüste.

Dallow malte sich in Gedanken seine eigene Landkarte. Dieses lächerlich kleine Straßendorf wäre auf seiner Karte der zentrale Punkt, die Hauptstadt. Wesentlich kleiner, aber doch unübersehbar wäre Leipzig, wo er studiert und gelehrt hatte. Mit gleicher Bedeutsamkeit wäre darauf jene Stadt verzeichnet, in der er im Gefängnis saß, oder vielmehr nur das Gefängnis wäre zu sehen, da er die zugehörige Stadt nicht kennengelernt hatte. Dann gäbe es da noch ein paar kleine Ostseebäder; der Harz, die Masuren und Georgien wären zu sehen, und ein paar sehr kleine Punkte für Krakau, Prag, Budapest und Moskau. Ein paar Städte und Landschaften würden in den nächsten Jahren noch hinzukommen, aber auch dann reichte für seinen persönlichen Weltatlas noch immer eine seiner Handflächen aus. Ich bin halt keine Eisenbahngesellschaft, sagte sich Dallow.

Während er interesselos seinen Gedanken nachhing, beantwortete er zerstreut die Fragen des Beamten. Ihm fiel auf, daß der Eisenbahner ihn bereits zum drittenmal nach den letzten Jahren fragte, in denen er seine Eltern nicht besucht hatte.

»Sie sind gut unterrichtet«, sagte er. »Die letzten zwei Jahre habe ich aus einer Blechschüssel gegessen und in einen Zelleneimer geschissen.«

Der Beamte grinste entschuldigend. »Hier wird viel geredet«, sagte er abwehrend. »Ich höre da nicht hin. Es stimmt meistens nicht einmal die Hälfte.«

Ein Telefon klingelte. Der Eisenbahner nahm den Hörer ab und meldete sich. Dann schrieb er etwas auf ein Blatt, das vor ihm auf dem Schreibtisch lag, sagte in den Hörer einige Zahlen und die Uhrzeit und legte auf. Er ging an das Stellwerk im hinteren Teil des Zimmers und verstellte zwei Hebel, wobei er aus dem

kleinen Fenster rechts und links in die Nacht hinausstarrte, in Richtung Bahnstrecke. Darauf setzte er sich wieder an den Schreibtisch. Zwischen den Papieren lagen zwei Schnitzmesser und Holzspäne, auf dem Fensterbrett standen mehrere kleine Holzfiguren, zum Teil bemalt.
»Darf man fragen«, begann der Beamte erneut, »warum Sie . . .« Er vollendete seine Frage nicht.
Dallow sah ihn an und überlegte. »Das ist eine schwierige Frage«, sagte er.
Es ist aussichtslos, dachte er, es dir erklären zu wollen, die Geschichte ist zu unglaubwürdig, selbst wenn ich sie jedesmal vollständig erzählen würde.
»Ich weiß nicht, ob Sie es verstehen können, aber eigentlich bin ich nur deswegen für zwei Jahre ins Gefängnis gekommen, weil es der Richter so angeordnet hatte.«
Der Beamte griff nach einem der Schnitzmesser. Dann lächelte er, sah Dallow an und sagte: »An dem Satz ist mehr dran, als man denkt.«
Er nahm sich eine der Holzfiguren und schabte unschlüssig daran herum. »Und in meinem Beruf«, fuhr er fort, »steht man mit einem Bein auch immer im Zuchthaus. Ein vergessenes Signal, und du wanderst ab.«
Dallow nickte ohne rechte Überzeugung, teils weil er ähnliche Sätze zu oft gehört hatte, teils weil er bereits wieder den Streckenplan betrachtete.
Das Telefon klingelte. Der Eisenbahner nahm den Hörer ab und lauschte wortlos. »Neunzig Pfennige«, sagte er zu Dallow, als er den Hörer auflegte.
Dallow bezahlte und verabschiedete sich.
Am nächsten Morgen stand er früh auf, um mit der Mutter das Vieh zu versorgen und die beiden Kühe zu melken. Dann saßen sie lange am Frühstückstisch in der Veranda. Seine Eltern sprachen über die Arbeit in der Genossenschaft, und er hörte ihnen zu und beneidete sie um ihre beständige Zufriedenheit.

»Und wie steht's mit deiner Arbeit, Peter?« fragte die Mutter. Dallow hatte diese Frage das ganze Wochenende über befürchtet, dennoch traf sie ihn jetzt völlig unvorbereitet. Er lächelte sie an und überlegte, was er ihr sagen konnte. Er wußte, es war ausgeschlossen, seinen Eltern zu erzählen, daß er seit dem Tag seiner Entlassung nicht arbeitete und überdies vorhatte, solange sein Geld ausreichte, jeder Arbeit aus dem Weg zu gehen. Er könnte ihnen nicht erklären, was es für ihn bedeutete, eine feste Anstellung zu vermeiden, nur um jeder, selbst der geringsten Nötigung zu entgehen. Er konnte ihnen nicht sagen, daß er nicht mehr arbeiten wollte. Es wäre für sie noch unbegreiflicher und bitterer als damals die Nachricht von seiner Verhaftung.
»Es gibt noch ein paar Schwierigkeiten«, sagte er sehr langsam. »Ich wurde damals entlassen, und das ist immer noch rechtsgültig.«
Die Eltern sagten nichts, und Dallow wurde augenblicklich wieder zu dem kleinen Schuljungen, der sich vor ihrem strafenden Schweigen für irgendeine Dummheit zu verantworten hatte.
»Ich habe ständig Gespräche«, log er, um sie zu beruhigen, »mit dem Institut, mit allen möglichen Leuten. Ich denke, in den nächsten Tagen ...«
Der Vater unterbrach ihn. »Und seit drei Wochen arbeitest du nicht?«
»Es ist schwierig, Vater, es gibt arbeitsrechtliche Probleme. So etwas dauert seine Zeit, aber im Grunde ist es nur ein bürokratisches Problem. Und außerdem helfen mir da ein paar gute Freunde, die die nötigen Verbindungen besitzen.«
Er begann zu schwitzen. Gute Freunde, dachte er, die einzigen, die mir helfen wollen, sind die Herren Schulze und Müller. Wie kam er nur dazu, sie seinen Eltern gegenüber als seine Freunde zu bezeichnen, seine guten Freunde.
Der Vater räusperte sich und sagte dann sehr ruhig und be-

stimmt: »Komm zurück. Übernimm den Hof. Du kannst in der Genossenschaft arbeiten oder in der Stadt, das wird sich alles finden. Aber übernimm den Hof. Ich kann es nicht mehr. Alles verkommt.«
»Ich bin kein Bauer«, erwiderte Dallow gequält.
Der Alte schüttelte den Kopf. »Das wird sich finden. Hier hast du Arbeit. Hier gehört dir ein Hof. Und das halbe Haus auch. Und wenn du nicht hier wohnen willst, bauen wir an. Oder wir kaufen dir den leerstehenden Ausbau.«
Dallow schüttelte unentwegt den Kopf. Er schloß die Augen, bevor er sagte: »Es ist zu spät, Vater. Jetzt gehöre ich nicht mehr hierher.«
Der alte Bauer sah zu seiner Frau.
»Es ist gut«, sagte sie, »laß ihn. Hier wird er auch nicht glücklich.«
»Aber der Hof«, begann der Bauer erneut, unter dem Blick seiner Frau jedoch verstummte er.
Sie sprachen nicht mehr darüber. Dallow bemerkte aber, daß ihn sein Vater immer wieder nachdenklich betrachtete, wenn er sich unbeobachtet fühlte.
Am späten Nachmittag verabschiedete er sich und fuhr zu der Schwester. Seine Mutter gab ihm in einem Einkaufsbeutel selbstgemachte Wurst in Gläsern und ein paar Eier mit. Als er zum Abschied die Eltern umarmte, sah ihn sein Vater nur schweigend an. Sein Blick war ratlos, eine stumme Bitte. Der Sohn konnte ihm nichts antworten.
Es dunkelte bereits, als Dallow die kleine Kreisstadt erreichte, in der seine Schwester lebte. Da er sie selten besucht hatte, mußte er einen Passanten nach dem Weg fragen. Sebastian, sein Schwager, öffnete ihm die Tür und ließ ihn ein. Sie betrachteten sich, ohne ein Wort zu sagen.
»Schön, daß du hier bist«, sagte sein Schwager endlich und umarmte ihn. »Gerda wird sich freuen, dich zu sehen.«
Sebastian half ihm aus dem Mantel und führte ihn ins Wohn-

zimmer. »Setz dich«, sagte er und goß, ohne zu fragen, zwei Gläser voll mit Cognac.

Dallow erkundigte sich nach seiner Schwester, und als er hörte, daß sie die beiden Töchter ins Bett bringe, gestand er seinem Schwager, ein Geschenk für die Kinder vergessen zu haben.

»Ich habe von dir nichts anderes erwartet«, sagte der Schwager verständnisvoll. »So kleine Mädchen haben dich nie interessiert.«

Und er gab ihm, als Dallow darauf bestand, seine Nichten zu sehen, eine Tafel Schokolade, die er beiden Mädchen schenken konnte.

Als er ins Kinderzimmer trat, schrie die Schwester auf, stürzte zu ihm und umarmte ihn. Er redete beruhigend auf sie ein und versuchte, sie sanft zurückzuschieben, doch sie umklammerte ihn fest mit beiden Armen, schluchzte laut und küßte ihn immer wieder. Die beiden kleinen Mädchen saßen in ihren Betten und beobachteten verwundert und verängstigt ihre Mutter und den ihnen unbekannten Mann.

Dallow streichelte das Haar der Schwester und lächelte beruhigend zu den Kindern hinüber.

»Ich schlage vor«, sagte er, »du läßt mich einmal Luft holen, Gerda, und dann sage ich deinen Kindern guten Tag.«

Seine Schwester aber ließ ihn nur aus ihren Armen, um nach seinen Händen zu greifen und ihren Kopf auf seine Brust zu legen. Dallow löste sich behutsam aus den Händen der Schwester, wobei er ihr Haar küßte. Er ging zu den Mädchen, setzte sich auf eins der Betten und sprach mit ihnen. Sie erinnerten sich nicht an ihn, blieben ernst und schwiegen und reagierten auf keins seiner Angebote, was immer er zu ihnen sagte. Auch als er ihnen die Schokolade vorhielt, zeigten sie kein Lächeln und nahmen sie ihm nicht ab. Er mußte sie auf den Bettrand legen.

»Sie sind müde«, sagte seine Schwester, »wir waren den ganzen Tag mit ihnen in Berlin unterwegs.«

Dallow küßte die Mädchen und verließ das Zimmer. Er setzte sich ins Wohnzimmer, und seine Schwester machte ihm Abendbrot. Dann saßen sie noch lange zusammen und tranken viel. Sie sprachen über die Eltern, über ihre Kindheit und Dallows Nichten, und erst, als Dallow aufstand und ins Bett gehen wollte, sagte seine Schwester: »Ich habe das Gefühl, Peter, du solltest uns noch etwas von dir erzählen.«
Dallow seufzte. »Vergiß bitte nicht«, sagte er kopfschüttelnd, »ich habe diese Geschichte schon ein paarmal erzählen müssen. Und bevor ich sie das erste Mal jemandem erzählte, habe ich sie erlebt. Und auch da hat sie mich schon gelangweilt.«
»Setz dich« sagte seine Schwester, »mir jedenfalls wirst du etwas erzählen müssen.«
»Das ist, als ob man es wieder und immer wieder erleben müßte«, sagte Dallow gequält und begann zu erzählen. Er bemühte sich, rasch und teilnahmslos zu berichten, aber die Fragen seiner Schwester nötigten ihn mehrmals, einzuhalten und ergänzende Details zu schildern.
»Und welches Lied hat dich hinter Gitter gebracht«, fragte sein Schwager schließlich.
»Es war ein alter Tango, Adios Muchachos.«
»Kenne ich. Zwei rote Lippen und ein roter Tarragona«, sagte der Schwager erfreut und summte die Melodie.
Dallow verzog schmerzlich das Gesicht und nickte.
»Ein Tango«, sagte der Schwager zufrieden, »ich hatte es vermutet. Übrigens spielt man Tangos nicht auf dem Klavier. Für einen Tango braucht man ein Bandoneon. Vielleicht war es das, was deinen Richter so verärgert hat.«
Dallow stimmte ihm zu. »Wenigstens wüßte ich dann, warum ich zwei Jahre gesessen habe. Aber auch wenn das der tiefere Grund meiner Verurteilung war, so war dies jedenfalls der am teuersten bezahlte Tango.«
»Du irrst dich«, sagte der Schwager. Er stand auf und goß nochmals die Gläser voll. Und mit der Schnapsflasche in der

Hand erklärte er: »In der Statistik kannst du nachlesen, daß jeder einzelne dieser alten traurigen Tangos mehr Selbstmörder auf dem Gewissen hat als alle verhurten Jungfrauen dieses Landes.«

»Ihr solltet endlich ins Bett gehen«, sagte Dallows Schwester und versuchte, ihrem Mann die Flasche zu entwenden.

»Als ich noch den Rettungswagen fuhr ...«

Dallow lachte auf. »Erzählt er noch immer davon?« erkundigte er sich bei seiner Schwester. »Erzählt er noch immer von der Zeit mit seinem glorreichen Rettungswagen?«

»Natürlich«, sagte sie, »es waren vermutlich seine glücklichsten Jahre.«

Ihr Mann protestierte. »Es war schwere Arbeit. Fuhren wir zu schnell, wurden wir bestraft, waren wir zu langsam und der Patient starb, waren wir auch dran. Wir standen immer mit einem Bein im Zuchthaus.«

Dallow nickte. »Das habe ich schon einmal gehört«, sagte er. »Offenbar steht das ganze Land mit einem Bein im Zuchthaus. Bis auf die Strafgefangenen und die Vollzugsbeamten.«

»Ein etwas unglückliches Bild«, räumte der Schwager ein. »Alles, was ich sagen wollte, war, daß wir diese verdammten Tangos fürchteten. Ich habe dem Fahrdienstleiter vorgeschlagen, jeden Sonntagnachmittag mit einem Rettungswagen langsam durch die Stadt zu fahren und überall dort, wo überlaut diese alten traurigen Tangos gespielt werden, die Tür einzuschlagen, um vielleicht noch rechtzeitig einen fast leblosen Körper vom Strick zu schneiden. Ich konnte mich nicht durchsetzen. Der Chef beharrte darauf, daß wir nur die Zeugung eines neuen Menschen verhindern würden.«

Seine Frau kicherte.

»Bei einem Tango?« fragte Dallow ungläubig. »Das ist ausgeschlossen. Dafür ist ein Tango völlig ungeeignet. Nein, nein, kein Tango. Wirklich förderlich sind Bach, die Brandenburgischen Konzerte und Ravels Bolero. Annehmbar ist Caféhaus-

musik und das meiste von Mozart. Aber der Tango ist unmöglich. Wenn du bei einem Tango vögelst, führt das zu Verhaltungen. Habt ihr das denn nicht bei eurem Professor gelernt? Was hat man euch beigebracht?«
»Hört damit auf«, bat Gerda, »es ist, als ob ich mit Schuljungen am Tisch sitze.«
Dallow küßte ihr vergnügt die Fingerspitzen.
»Alles in Ordnung?« erkundigte er sich. Seine Schwester nickte. Später sprachen sie über die Eltern.
»Sie sind alt geworden«, sagte Dallow, und alle nickten stumm. Der Schwager erzählte Dallow, daß er versucht habe, sie in ihre Stadt zu holen. Er hatte auch für ihr Haus einen Käufer gefunden. »Aber sie wollten nicht«, sagte er, »und ich kann sie verstehen.«
»Gewiß«, sagte Dallow, »aber damit ist keinem geholfen. Sie erwarten, daß einer von uns den Hof übernimmt. Wir können die Streichhölzer entscheiden lassen. Wer von uns das kürzere zieht, übernimmt den Hof und wird Bauer.«
»Wieso der Verlierer?« fragte der Schwager. »Warum soll nicht der Gewinner den Hof bekommen?«
Dallow sah ihn überrascht und nachdenklich an.
Am nächsten Morgen frühstückte er mit der Familie und ging mit ihr aus dem Haus. An seinem Auto verabschiedeten sie sich, dann fuhr er nach Leipzig. Auf der Fahrt dachte er an die Eltern und sagte sich, daß er, nur um sie nicht zu beunruhigen, eine Arbeit annehmen sollte. Irgendeine Beschäftigung, sagte er sich, einen Job. Er prüfte die Möglichkeiten, die sich ihm anboten, und verwarf sie alle. Und mit der wachsenden Entfernung vom Dorf seiner Eltern verlor sich das bedrückende Gefühl, ihnen Rechenschaft schuldig zu sein. Als er die Autobahn verließ, schien es ihm geradezu abwegig, allein seiner Eltern wegen irgendeine Arbeit anzufangen. Er fühlte sich erleichtert, als er die Stadt erreichte.

Am Abend wusch er Wäsche und nähte Hemdenknöpfe an. Als er vor dem laufenden Fernsehapparat saß, neben sich auf dem Tisch einen Stapel Hemden und das alte, gelb bemalte Holzkästchen, in dem er sein Nähzeug verwahrte, versuchte er, sich über den Anblick, den er bot, zu belustigen. Es gelang ihm nicht. Er erschrak bei dem sich ihm aufdrängenden Bild des Alters und eines einsam dahinlebenden Mannes. Er führte hastig die angefangene Arbeit zu Ende, warf die Wäschestücke in den Sessel, stand auf, zog seinen Mantel über und verließ rasch die Wohnung. Erst auf der Straße ordnete er mit nervös zitternden Fingern den Schal und knöpfte den Mantel zu. Er lief durch die spärlich beleuchteten Straßen und bemühte sich, den panischen Schrecken hinter sich zu lassen, der unvermittelt von ihm Besitz ergriffen hatte. Dallow versuchte, die dummen Gedanken zu verscheuchen, aber die Erscheinung war, eben weil sie erklärungslos und unfaßlich für ihn war, mit Vernunftsgründen allein nicht zu zerstören. Zweimal zündete er sich in Hauseingängen eine Zigarette an, doch jedesmal fiel sie ihm aus den schnell klamm werdenden Fingern in den Schmutz der Straße. Vor dem Vorstadtkino blieb er stehen. Die Türen waren verschlossen, es lief eine Spätvorstellung. Aus den kleinen Fenstern des Vorführraums drangen Musik und unverständliche Worte. Die Glasfenster mit den Filmfotos waren noch erleuchtet, Dallow betrachtete sie aufmerksam. Er versuchte, sich zu beruhigen und auf die Bilder zu konzentrieren. Er bemühte sich, die Filme an Hand der ausgehängten Fotos zu beurteilen und zu entscheiden, ob sie ihn interessierten. Er sah gutgekleidete Männer in offenbar heftigen Diskussionen und halbentkleidete Frauen in bedrohlich wirkender Lage. Den Bildern ist nichts zu entnehmen, entschied Dallow und las dann die wenigen Zeilen, die auf dem Filmplakat standen. In diesem Moment wurde die Beleuchtung der Schaukästen ausgeschaltet, Sekunden danach erlosch auch die Neonschrift über dem Kino, das bläulich strahlende Wort Lichtspiel-

theater versank in der schwarzen, nur noch erahnbaren Häuserfront. Das Wort Lichtspiele beschäftigte Dallow, er sann darüber nach. Es gefiel ihm.
Vor einer Kneipe am Rand der Schrebergartenanlage blieb er stehen. Kein Licht war in den dahinterliegenden Gärten zu sehen, die Besitzer wohnten noch in ihren beheizbaren Stadtwohnungen. Dallow fror, und obwohl er ungern Bierkneipen aufsuchte, ging er in das Lokal hinein.
Warmer Bierdunst schlug ihm entgegen, als er die innere Tür zum Gastraum öffnete. Alle Tische waren besetzt, und für Sekunden verstummten die Gespräche, die Gesichter wandten sich Dallow zu. Es ist wie in einer Dorfkneipe, dachte er. Er erinnerte sich an das Begrüßungsritual in dieser Schrebergärtnerkneipe von einem früheren Besuch her und ging langsam an den Tischen vorbei, mit den Fingerknöcheln leicht auf die Tischplatte pochend. Die sitzenden Männer erwiderten stumm den Gruß, in dem sie die Fingerspitzen einer Hand auf das gescheuerte Holz der Tische fallen ließen.
An einem Tisch vor der Tür zur Toilette saßen eine Frau und ein Mann. Dallow deutete auf einen Stuhl und fragte die beiden, ob er frei sei. Die junge Frau nickte, und Dallow setzte sich. Als er eine Zigarette aus der Schachtel nahm, griff die Frau nach ihren Streichhölzern, entzündete ein Holz und hielt es ihm vor. Dallow war überrascht, dankte und nahm ihr das brennende Holz aus den Fingern, um sich die Zigarette anzuzünden.
»Philosoph«, sagte der Mann unvermittelt.
Dallow wurde aufmerksam und versuchte, beiläufig den Mann anzusehen. Er war Mitte Fünfzig, sein Gesicht stark gerötet, die Haut seiner Hände rissig. Vom Wetter gegerbt, sagte sich Dallow ironisch und sah sich im Gastraum um.
Gleichmütig und mit unveränderter Stimme wiederholte der Mann: »Philosoph.«
Dallow hatte vermutet, der Mann unterhalte sich mit der

jungen Frau, doch er begriff jetzt, daß er angesprochen wurde, und sagte unschlüssig: »Ich versteh nicht.«
»Er fragt, ob Sie Philosoph sind«, erklärte die Frau.
Dallow sah auf die glühende Asche seiner Zigarette. Ein Tollhaus, dachte er. Er sah zu dem Mann und erwiderte: »Nein.« Und er fügte hinzu: »Ich will nur ein Bier trinken.«
Er wartete ungeduldig auf das Erscheinen des Kellners. Auch der Mann und die junge Frau schwiegen, aber Dallow hatte nun nicht mehr den Eindruck, daß sie seinetwegen ihr Gespräch unterbrochen hatten. Er vermutete, daß die beiden den ganzen Abend hier schweigend saßen und Bier tranken. Sicher ein Ehepaar, dachte er vergnügt.
Als der Kellner an den Tisch kam, sagte die Frau, bevor Dallow bestellen konnte: »Ein Bier für den Herrn, bitte.« Dabei wies sie auf Dallow.
Der Kellner sah ihn an, Dallow nickte bestätigend. »Und einen Weißen«, fügte er hinzu, »einen Korn.«
Er sah verwundert zu der Frau, die ihn ungebeten versorgte und jetzt wieder teilnahmslos am Tisch saß.
Der Kellner brachte das Bier und den Schnaps, stellte beides auf Bierdeckel und machte mit einem Bleistift Striche auf der runden Pappe. Dallow trank den Korn und einen Schluck Bier.
»Was ist deine Meinung von der Welt?« fragte der Mann.
Dallow stellte das Bierglas zurück und sagte unsicher: »Sie sprechen mit mir?« Der Mann nickte.
»Ja«, sagte Dallow. Dann räusperte er sich lange und sagte ausweichend: »Das ist eine große Frage, Meister, zu schwer für heute abend.«
»Es ist eine gute Frage«, sagte der Mann mißbilligend.
Die Frau neben ihm starrte mit offenem Mund auf Dallow und wartete auf seine Antwort.
Zwei aus der Klapper haben auf ein Opfer wie mich gewartet, dachte Dallow und war entschlossen, sofort zu bezahlen und zu gehen.

»Und was ist deine Meinung?« wiederholte der Mann.
Dallow kniff die Augen leicht zusammen und sagte rasch und ohne weiter zu überlegen: »Ein Lichtspiel. Die Welt ist ein Lichtspiel.«
Die Frau sah nun fragend zu dem Mann hinüber, der von Dallows Antwort überrascht schien.
»Philosophisch begründet«, entschied der Mann nach einer längeren Pause.
Dallow protestierte: »Nein, nein, ich meine das nicht philosophisch. Nehmen Sie den Satz physikalisch oder biologisch oder chemisch oder wie Sie wollen, nur nicht philosophisch. Es ist eine ganz einfache Wahrheit, dazu braucht's keine Philosophie. Wenn das große Licht ausgeschaltet wird, ist hier nichts mehr. Alle Existenz ist an das Licht gebunden und existiert insofern nicht wirklich. Ist nur ein Lichtspiel, ein Phänomen der Optik, wie das Kino. Und was sind Lichtspiele und Wasserspiele, ein Zeitvertreib aus Nichts. Man dreht am Schalter, und was bleibt? Eine dunkle Leinwand und ein trübes, sich schnell glättendes Wasser. Das ist alles.«
Die Frau blickte wieder auf den Mann, der stumpf vor sich hinbrütete. Dallow lächelte. Seine Rede verwunderte ihn selbst. Kneipenphilosophie, dachte er.
»Ein guter Kopf«, sagte der Mann, ohne aufzusehen.
Die Frau sah bewundernd zu Dallow, gespannt, wie er diese Anerkennung aufnehmen würde. Dallow trank den Rest seines Korns aus.
»Sie sind Philosoph?« fragte er dann.
Der Mann sah jetzt zum erstenmal auf und zu der Frau hinüber, als habe sie das zu entscheiden.
»Er ist Brigadier auf dem Bau. Rohrleger«, sagte sie, »aber er liest Schopenhauer.«
Dallow zog beeindruckt die Augenbrauen hoch. Er sah sich nach dem Kellner um, der an einem der Tische saß und mit Gästen Skat spielte.

»Kennst du Schopenhauer?« fragte der Mann, ohne Dallow anzusehen.
»Nein«, erwiderte Dallow. Dann verbesserte er sich: »Ich habe mal hineingesehen.«
»Lies ihn«, befahl der Rohrleger.
Dallow versprach es ihm. Er winkte nochmals dem Kellner und erkundigte sich dann: »Sie lesen nur Schopenhauer? Nichts anderes?«
»Wozu?« sagte der Mann erstaunt. »Da steht alles drin.«
»Das erleichtert vieles«, erwiderte Dallow freundlich und zog seine Geldbörse hervor, da der Kellner an den Tisch kam.
Er bezahlte und trank sein Bier aus.
»Und«, fragte er dann, »haben Sie etwas bei Schopenhauer gelernt?«
Der Rohrleger lächelte und nickte zufrieden.
»Einen schönen Abend noch«, sagte Dallow und stand auf. Er nahm den Mantel vom Haken, zog ihn über und nickte den beiden zu.
Der Rohrleger sah ihn an und sagte: »Ich habe gelernt, daß der gerade Weg das Labyrinth ist.«
Er und die Frau sahen Dallow nach dieser Mitteilung erwartungsvoll an.
»Oh«, sagte Dallow nur. Er überlegte, wünschte nochmals einen guten Abend und verließ die Kneipe.
Er ging, da ihm noch kalt war, direkt nach Hause. Wenige Meter vor seiner Straße mußte er den Bürgersteig verlassen, der an dieser Stelle aufgerissen war. Ein Schacht war mit Stangen und rotweißen Streifen abgesperrt. Dallow versuchte, einen Blick in das schwarze Loch zu werfen. Ein Labyrinth, dachte er, das ist für einen Rohrleger eine bemerkenswerte Philosophie.

Am nächsten Morgen weckte ihn die Türklingel. Er stand auf, griff nach der Armbanduhr und ging dann auf den Flur.

»Wer ist da?« fragte er durch die geschlossene Tür und hörte eine Stimme, aber er verstand sie nicht.
»Einen Augenblick«, rief er.
Er ging ins Badezimmer, zog seinen Morgenmantel an und kämmte sich die Haare. Als er die Wohnungstür öffnete, erblickte er Schulze und Müller, die beiden Männer aus jenem leeren Büro im Bezirksgericht. Sie strahlten ihn an, wünschten ihm fröhlich guten Morgen und betraten seine Wohnung. Erst als sie im Flur standen, fragte Herr Schulze, ob sie eintreten dürften. Dallow schüttelte den Kopf und sagte, daß er noch nicht aufgestanden sei und deswegen keinen Besuch empfange, aber die beiden Männer beteuerten, ihn nur für einen Moment sprechen zu wollen.
»Kommen Sie rein«, sagte Dallow ärgerlich und öffnete ihnen die Tür zu seinem Wohnzimmer. Er bot ihnen Stühle an und räumte Gläser und Geschirr vom Tisch. Dann wickelte er sich fest in den Morgenmantel und setzte sich zu ihnen.
»Wir waren schon zweimal bei Ihnen, leider vergeblich«, sagte Herr Schulze.
Dallow sah ihn an, ohne etwas zu erwidern. Er hörte das regelmäßige Ticken seines alten Weckers, der hinter ihm im Bücherregal stand. Er stand auf, ging zum Regal, nahm den Wecker in die Hand, zog ihn behutsam auf und stellte ihn auf seinen Platz zurück. Dann setzte er sich wieder. Die beiden Männer sahen ihm zu.
Da Dallow schwieg, sagte Herr Schulze: »Wir kommen nochmals, um Ihnen eine Arbeit anzubieten. Vielleicht haben Sie es sich überlegt.«
»Ist das alles?« fragte Dallow. Er stand auf, ging zur Zimmertür und öffnete sie.
»Warten Sie bitte. Setzen Sie sich doch. Wir sollten miteinander sprechen«, sagte Herr Schulze.
Die beiden Männer lächelten ihn unentwegt freundlich und zuvorkommend an.

Dallow wartete noch einige Sekunden an der geöffneten Tür, dann sagte er: »Gehen Sie bitte. Ich habe Ihnen nichts zu sagen, ich will von Ihnen nichts wissen.«
Die Männer blieben sitzen und hörten nicht auf zu lächeln. Dallow ärgerte sich, daß er sie eingelassen hatte.
»Setzen Sie sich bitte, Herr Dallow«, wiederholte Herr Schulze.
»Gehen Sie endlich«, wiederholte Dallow. Er war jetzt laut geworden.
Die beiden Männer mühten sich, weiter zu lächeln, aber ihr Lächeln stockte, schwand dann langsam und ließ erstarrte Gesichter zurück. Sie standen auf und gingen durch die ihnen aufgehaltene Tür.
Ohne jegliche Freundlichkeit wandte sich Herr Schulze an Dallow und sagte: »Wir können Ihnen helfen. Wir können ihnen aber auch hinderlich sein.«
»Ich weiß«, erwiderte Dallow bedachtsam.
»Wir melden uns«, sagte Herr Schulze, als sie im Hausflur standen.
Dallow verspürte die Kälte, die ihm aus dem Flur entgegenwehte, und fröstelte. Er rieb sich mit beiden Händen die Oberarme und sagte: »Das ist nicht nötig.«
Dann schloß er die Tür. Er ging ins Schlafzimmer, legte sich im Morgenmantel auf sein Bett und dachte über seine seltsamen Besucher nach.
Den Tag verbrachte er in seiner Wohnung. Er blätterte in seinen Büchern und las alte Briefe, die nicht mehr beantwortet werden mußten und deren vermeldete Neuigkeiten und Aufregungen nur ein ungefähres Erinnern und nachsichtiges Unverständnis bei Dallow weckten. Nachlässig bereitete er sein Essen und kaute es lustlos in der Küche, während er weiter in den Papieren blätterte. Seine anfängliche Begeisterung fürs Kochen hatte sich schon nach wenigen Tagen gelegt, und er erledigte die anfallende Küchenarbeit mit der gewohnten Unlust.

Am Abend verließ er das Haus. Er lief unschlüssig zur Straßenbahnhaltestelle und studierte lange den dort ausgehängten Fahrplan. Als eine Straßenbahn kam, stieg er ein und überlegte, nachdem die Bahn abgefahren war, weshalb er eingestiegen sei, wohin er fahren wolle. Er konnte sich selbst keine Antwort geben, blieb aber in der fast leeren Bahn sitzen und beobachtete die jungen Leute, die auf der vorderen Plattform des Wagens standen und sich ungeniert und rüde betasteten. Die Mädchen waren, wie Dallow feststellte, dabei nicht weniger aggressiv und brutal als die halbwüchsigen Jungen. Sie sprachen nur wenige, sich häufig wiederholende Worte miteinander, die, wie Dallow belustigt registrierte, nach dem traditionellen Sprachverständnis als teilweise schwere Beleidigungen zu werten waren, bei den Jugendlichen aber eindeutig als Zeichen von Zuneigung und Wertschätzung galten. Eins der Mädchen versuchte, einem Jungen immer wieder zwischen die Beine zu greifen, was dieser ihr halb verwehrte, andererseits aber sich stolz und geschmeichelt gefallen ließ.
Dallow hatte sich vorgebeugt. Er starrte überrascht auf die Jugendlichen. Sie wurden auf ihn aufmerksam, sahen ihn feindselig an und sprachen über ihn. Dallow verstand nur vereinzelte Worte, da er sich rasch abgewandt hatte und aus dem Fenster sah. Er spürte, wie die jungen Leute durch den Wagen liefen und auf ihn zukamen. Er sah weiterhin angestrengt aus dem Fenster und achtete gespannt auf die Geräusche hinter seinem Rücken. Plötzlich wurde sein Kopf gegen die Fensterscheibe gestoßen. Als er sich umwandte, sah er in ein grinsendes Mädchengesicht, dahinter standen lauernd ihre Freunde. Dallow blickte schnell wieder aus dem Fenster. Er hörte, wie die jungen Leute weitergingen. Einer von ihnen stützte sich für einen Moment auf Dallows Schulter ab. Dallow wandte sich nicht mehr um. Es sind Kinder, sagte er sich, ich kann mich nicht von Kindern zusammenschlagen lassen.
Als die Straßenbahn den Ring des Stadtzentrums erreichte,

wußte Dallow, wohin er fuhr. Am Hauptbahnhof stand er auf und stieg aus, sich durch die bereits einsteigenden Menschen drängend. Er lief zum Bahnhof hinüber. In der Passage zwischen den beiden Bahnhofsvorhallen suchte er vergeblich nach einem geöffneten Geschäft. Dann lief er die Treppen zu den Gleisen hoch, aber auch auf dem Bahnsteig war kein Verkaufsstand mehr geöffnet. Er ging in die Mitropa-Gaststätte, stellte sich an den Tresen und wartete, bis der Büfettier ihn nach seinen Wünschen fragte. Dallow erbat eine Schachtel Konfekt. Der Mann wies mit dem Kopf auf die Glasvitrine hinter sich, in der Keksrollen und kleine, verstaubt wirkende Konfektschachteln standen. Dallow schüttelte den Kopf.
»Ich hatte an etwas anderes gedacht«, sagte er.
»Ich denke immer an etwas anderes«, sagte der Büfettier nicht unfreundlich, »das hilft.«
Er ging zu seinem Wasserbecken zurück. Dallow sah weiter auf die Glasvitrine, dann ging er hinaus und die Treppe hinunter. An der Straßenbahnhaltestelle mußte er lange warten.
»Ich hoffe, ich störe dich nicht«, sagte er statt einer Begrüßung, als ihm Elke nach seinem Klingeln die Wohnungstür öffnete. Sie schüttelte den Kopf und trat einen Schritt zur Seite, um ihn einzulassen. Er blieb aber stehen und betrachtete sie. Sie gefällt mir, dachte er, sie gefällt mir sehr.
Er ging an ihr vorbei in die Wohnung. Diesmal lagen keine Matratzen im Flur, bemerkte er vergnügt.
»Komm in die Küche«, flüsterte Elke und wies auf die geöffnete Tür.
»Ach ja«, sagte Dallow, »dein Kind schläft?«
Sie nickte und legte einen Finger auf ihre Lippen. Es ist schwierig, dachte er, mit einer Frau ein Verhältnis anzufangen, die nur eine Einzimmerwohnung besitzt und in deren Bett immer ein kleines Kind schläft. Er dachte sogar daran, sich gleich zu verabschieden und zu gehen. Er scheute einen langen Abend in der Küche, die Gespräche mit einer einsamen, sich vermutlich

vernachlässigt fühlenden Frau, ein verlegenes Küssen im Stehen am Küchenfenster, ein vergeblicher Angriff auf sie am Herd, während sie einen Tee brüht. Er würde versuchen, nach ihrer Brust zu greifen, mit der Hand in ihre Hose zu kommen, und sie würde es ihm verwehren, sicher mit dem Hinweis auf das schlafende Kind. Dann würde sie fragen, ob er nur deswegen gekommen sei, was er zu bestreiten hatte. Er müßte sich dann wieder hinsetzen, und nach einigen Minuten würde das gleiche Spiel von vorn beginnen. Oder er würde es zugeben, er würde sagen, daß er nur deswegen gekommen sei, dann wäre sie ärgerlich oder traurig oder enttäuscht, und er müßte gleichfalls seine Hände zurückziehen und hätte sich zu entschuldigen und sie zu trösten, und das Spiel würde erst einige Minuten später wieder beginnen. Er seufzte innerlich auf. Wenn er sofort gehen würde, ersparte er sich einen langen, quälenden Abend. Doch statt dessen ging er in die Küche und setzte sich auf denselben Stuhl, auf dem er drei Wochen zuvor gesessen hatte.

Der kleine Fernseher auf der Holztruhe lief, auf dem Tisch lag Kinderwäsche, Dallow nahm den Geruch von Essen wahr.

»Ich habe dich nicht erwartet«, sagte Elke, nachdem sie die Tür geschlossen hatte. Sie ging zum Fernseher und schaltete ihn aus. Dann nahm sie die Wäsche vom Tisch und warf alles auf die Holztruhe.

»Möchtest du etwas trinken?« fragte sie.

»Ich wollte dich sehen«, sagte er.

Sie lächelte traurig und blieb vor ihm stehen. »Du hast dir dafür viel Zeit gelassen.«

»Ich war unterwegs«, log er, »ich war lange unterwegs.«

Sie saßen sich gegenüber und sahen sich an.

»Ich habe große Lust, mit dir zu schlafen, Elke«, sagte er.

Sie sah ihn unverwandt an und erwiderte tonlos: »Ich weiß nicht, ob ich es will.«

Er nickte so verständnisvoll, wie es ihm nur möglich war.

»Erzähl mir etwas von dir«, forderte er sie auf.
»ich bin siebenundzwanzig Jahre. Ich war verheiratet, ich bin geschieden. Ich habe eine Tochter. Ich arbeite in einer Buchhandlung«, zählte sie rasch und unbeteiligt auf und erweckte damit bei Dallow den wohl nicht unbeabsichtigten Eindruck, einer Behörde eine amtliche Auskunft zu geben.
Dallow lachte und erkundigte sich dann nach der Tochter. Er hörte, daß sie Cornelia heiße und dreieinhalb Jahre alt sei. Er fühlte sich unbehaglich, und dieses Gefühl verstärkte sich schmerzlich, als Elke ihn nun aufforderte, die gleichen Auskünfte über sich zu geben.
Als er erwähnte, daß er promoviert habe, sagte sie nur: »Damit hättest du mich vor zehn Jahren beeindruckt. Heute weiß ich, das bedeutet nur, daß deine Frau einen Nagel ohne deine Hilfe in die Wand schlagen muß und allein eine kaputte Steckdose zu reparieren hat.«
Dallow lachte. »Ich bin nicht verheiratet«, korrigierte er sie, »aber du hast recht, sehr beeindruckend ist meine Wissenschaft nicht. Ich hatte mich mit Neuerer Geschichte zu befassen und unentwegt danach zu forschen, wie die illegalen sozialdemokratischen Zeitungen vor einhundert Jahren konspirativ gedruckt und über den Bodensee gerudert wurden. Und wie die tapferen Arbeiter und Handwerker der Prager Neustadt sich mit Besenstielen und Sandeimern des Bombardements von Windischgrätz erwehrten. Wenn von einer Wissenschaft nur noch Anekdoten übrigbleiben, wird es ermüdend.«
Dann erzählte er von seiner Verhaftung, der Verurteilung und der Zeit, die er im Gefängnis verbrachte.
Als Elke sich erkundigte, ob er nun wieder an der Universität sei, und er ihr sagte, daß er seit seiner Entlassung nicht arbeite und auch noch nicht entschieden habe, wann und wo er anfangen werde, seufzte sie resigniert und erwiderte: »Ich weiß nicht, was mit mir los ist. Aber ich gerate immer an Männer, die der Arbeit aus dem Weg gehen.«

Dallow sah sie fragend an, und sie fügte erklärend hinzu: »Vor zwei Jahren habe ich mich von meinem Mann scheiden lassen. Ich hatte es satt, auch noch ihn zu ernähren. Ich habe mich von ihm scheiden lassen, um nicht noch den letzten Rest von Achtung für ihn zu verlieren.«

Dallow begriff, was sie ihm sagen wollte. »Sei unbesorgt. Ich bin es gewohnt, für mich allein zu sorgen.«

»Das meine ich nicht«, sagte sie, »wenn es nur das wäre...«

Sie beendete den Satz nicht und sah ihm so lange unverwandt in die Augen, bis Dallow den Blick abwandte und seine Finger betrachtete. Sie ist wirklich schön, dachte er, eine angenehme Überraschung.

»Was hast du vor?« erkundigte sich Elke.

Dallow blickte weiter auf seine Hände und fragte sich, was sie hören wollte. Dann sah er sie an und sagte wahrheitsgemäß: »Ich will mit dir schlafen.«

Sie lächelte. »Du wiederholst dich.«

»Ich weiß«, sagte er, »das tu ich in diesem Fall sehr gern.«

»Willst du etwas trinken?«

Er nickte. Sie ging zum Kühlschrank.

»Eine Flasche Bier und eine Flasche Brause, das ist alles, was ich im Hause habe.«

Sie tranken zusammen das Bier. Dallow streichelte mit dem Zeigefinger sanft ihren Handrücken, was sie sich gefallen ließ.

»Und morgen früh gehst du und meldest dich vielleicht in einem Monat wieder«, sagte Elke.

Dallow atmete hörbar ein und aus und überlegte. Was immer er auch jetzt sagen könnte, er müßte sich festlegen.

»Täusch dich nicht«, erwiderte er schließlich, »für eine Überraschung war ich immer gut.«

Er stand auf, stellte sich hinter sie und legte beide Hände auf den Ansatz ihrer Brüste. Er spürte ihren Herzschlag und roch ihr Haar und ihre Haut.

»Ich will mit dir schlafen«, wiederholte er leise.

Er verspürte eine fast unmerkliche Bewegung in ihrem Körper und wartete gespannt auf ihre Antwort. Seine Hände lagen bewegungslos auf ihrer Brust. Er bemühte sich, gelassen zu wirken.
»Aber ich werde die Kleine nicht aufwecken«, sagte sie, schob seine Hände von ihrem Körper und stand auf. »Warte hier«, sagte sie, ging aus der Küche und schloß hinter sich die Tür.
Er hörte sie im Korridor hantieren und lächelte, als er begriff, was sie dort tat. Er erhob sich, stand unschlüssig in der Küche, dann zog er sein Jackett aus, hängte es über den Stuhl und knüpfte die Schnürsenkel der Schuhe auf. Er lauschte den Geräuschen im Korridor, hörte, wie sie ins Bad ging und Wasser laufen ließ. Als er hörte, daß sie aus dem Bad kam, wandte er sich der Tür zu.
»Komm«, sagte Elke leise und legte beschwörend einen Finger auf ihre Lippen, um ihn an das schlafende Kind zu mahnen.
Für einen Moment stand sie nackt vor ihm und sah ihn nachsichtig und spöttisch an.
»Du bist schön, Elke«, sagte er leise und ohne sich zu bewegen.
Sie verschwand aus dem Türrahmen. Als er aufstand und ihr nachging, lag sie bereits unter einer Bettdecke auf der Matratze hinter dem Kleiderschrank, auf der bei seinem ersten Besuch das Kind geschlafen hatte.
»Es ist nicht sehr bequem«, sagte sie und zog mit beiden Händen die Bettdecke bis zu ihrem Hals hoch.
In der Tür stehend, zog Dallow sich rasch aus und warf die Kleidungsstücke in Richtung des Küchenstuhls. Er blieb vor ihrem Lager stehen und ließ sich von ihr betrachten.
»Ist da noch etwas Platz?« fragte er höflich und deutete auf die Bettdecke.
Ohne sich zu rühren, sagte sie: »Wenn du mir Zeit läßt.«
Er legte sich vorsichtig neben sie. Er spürte ihren Arm und ihren Oberschenkel, und er wartete. Aus der Küche fiel etwas Licht auf den Flur. Als Dallow den Kopf zu ihr wandte, sah er

im Halbdunkel ihre auf ihn gerichteten Augen. Sie sahen sich an, ohne sich zu bewegen. Als sie ihre Hand auf seine Schulter legte, stieß er mit dem Fuß die Bettdecke weg, setzte sich auf und betrachtete sie eingehend. Langsam begann er sie zu streicheln, und erst, als er die Bewegung ihres Körpers spürte, kniete er sich neben sie und griff fest und erregt nach ihr. Er drehte ihren Körper, griff nach ihren Brüsten und Füßen, preßte seine Brust zwischen ihre Schenkel und seinen Kopf an ihren Hintern, drückte mit seinen Beinen ihren Kopf und Oberkörper fest gegen die Matratze, um ihre Bewegung deutlicher und kräftiger zu spüren. Er warf sie, ohne es wahrzunehmen, gegen die Wand und den Schrank, und er hörte weder das dumpfe und nachhallende Geräusch noch ihr leises Aufstöhnen. Unablässig glitten seine Hände an ihrem Leib auf und ab, als versuche er, gleichzeitig alle Wellen und Strömungen ihrer Haut zu erfassen und in Besitz zu nehmen, während sie ihre Fingernägel in seinen Rücken stieß und sich in seinem Haar festkrallte. Und erst, als er sein Gesicht auf ihren Bauch legte und den Ansatz ihres dichten Haarnestes küßte und sie ihre Schenkel öffnete und ihren Unterleib hochbäumte, um seinen Kopf fester und tiefer zwischen ihre Beine zu pressen, wurde er still und überließ sich ihren Händen und der kreisenden Bewegung ihres Körpers und der plötzlich in ihm einsetzenden, beruhigenden Stille, die ihn schwerelos machte. Er lag ruhig und gedankenlos auf ihr, und nur als sie sich in seine Hand verbiß, schloß er diese rasch und instinktiv zur Faust, um den Schmerz zu mildern.

Als sie von ihm abließ, ließ er sich auf den Rücken fallen. Sie atmete heftig und mit geschlossenen Augen. Dann öffnete sie die Augen, stützte sich auf, sah ihn an und sagte: »Jessesmaria, ich glaube, du hast mir eine Rippe gebrochen.«

Dallow rieb sich die schnell verfärbende Bißstelle an seiner Hand und erwiderte: »Ich hoffe es, mein Mädchen, denn zu dir ins Bett kann man nur mit einem Beißring kommen.«

Er stützte die Füße am Schrank ab und richtete sich auf. Er betrachtete das zerwühlte Matratzenlager zwischen Zimmertür, Kleiderschrank und der Wand, schüttelte den Kopf und sagte belustigt: »Ich weiß nicht, aber irgendwie erinnert mich das alles an ein Kinderferienlager.«

Elke zog ihm die Hand, auf die er sich stützte, unvermutet weg, so daß er auf die Schulter fiel. Sie legte seine Hand auf eine ihrer Brüste. Dann stöhnte sie genüßlich auf und sagte: »Wie schön für dich. Meine Ferienlager waren weniger vergnüglich.«

Sie legte sich über ihn und stützte sich dabei ab, so daß ihre Brüste und ihr Bauch seine Haut leicht berührten. Ihren Kopf legte sie neben seinen und flüsterte ihm ins Ohr: »Sei still, denk an das Kind.«

Und dann biß sie ihn, erst zärtlich und nur mit den Lippen, dann wild und immer schmerzhafter, in die Schulter.

Als Dallow am nächsten Morgen erwachte, stand Elke mit dem Kind vor ihm. Das Mädchen betrachtete ihn ernst und eindringlich, und es ließ die Augen auch nicht von ihm, während Dallow sich von Elke verabschiedete. Als Elke ihn fragte, ob er wieder für längere Zeit verreise, brauchte er einige Sekunden, bevor er die Frage völlig verstand.

Bevor sie mit dem Kind die Wohnung verließ, sagte sie zu ihm: »Schlaf dich aus. Und dann such dir eine Arbeit.«

»Du redest wie meine Mutter«, erwiderte er. »Wieso gerate ich immer an Mädchen, deren einziger Ehrgeiz zu sein scheint, wie meine Mutter zu reden?«

Er hörte, wie Elke und ihre Tochter die Treppe hinuntergingen. Dann stand er auf, ging ins Zimmer und legte sich in das Bett, in dem das Kind geschlafen hatte.

Mittags verließ er das Haus. In einer Kneipe auf der anderen Straßenseite bestellte er ein Frühstück. Und während er Spiegeleier und fettige Bratkartoffeln aß, hörte er den Arbeitern zu, die an der Theke Bier tranken und laut miteinander sprachen.

Auf seinem Tisch lag eine Zeitung. Nachdem er bezahlt und den Mantel angezogen hatte, ging er nochmals an den Tisch, griff nach der Zeitung und steckte sie in die Manteltasche. Als er an der Theke vorbeiging und dem Wirt grüßend zunickte, wartete er auf eine Bemerkung über die eingesteckte Zeitung, aber der Wirt erwiderte nicht einmal seinen Gruß und sah ihm mit den an der Theke lehnenden Männern nach, bis er den Gastraum verlassen hatte.
Erst in der Straßenbahn schlug er die Zeitung auf. Interesselos überflog er die Schlagzeilen und blätterte gleichgültig und erwartungslos die Seiten um. Ihm wurde bewußt, daß es die erste Zeitung war, die er seit dem Tag seiner Entlassung in die Hand nahm. In der Zelle hatte er täglich Zeitung gelesen. Nach der Arbeit wurden die Zeitungen verteilt, und da keiner der Mithäftlinge an mehr als den Sportberichten interessiert war, konnte er das Blatt lange und sorgfältig lesen. Nie zuvor hatte er so gründlich und vollständig Zeitung gelesen wie während seiner Haft. Die lokalen Nachrichten, den Auslandsteil, die Kommentare, die vielen Reden und die Berichte über die häufigen Auszeichnungen, die populärwissenschaftlichen Artikel, die Mitteilungen über den Sport und das Wetter, alles las er mit gleichbleibender, wenn auch teilnahmsloser Aufmerksamkeit. Es waren für ihn Nachrichten von jenseits des Flusses, aus einer Landschaft, in der er einst gelebt und die er vor langer Zeit verlassen hatte. Gelegentlich wurden Erinnerungen in ihm geweckt, wenn der vertraute Name einer Straße oder eines Hauses genannt wurde. Ansonsten waren es für ihn Nachrichten ohne Wert, die er nicht um des Mitgeteilten willen las, sondern allein wegen der Mitteilung. Er las, um die freie Zeit auszufüllen, und er vergaß alles rasch, da der Sinn des Geschriebenen ihm nicht klar wurde oder gleichgültig war. Er bedauerte, daß die tägliche Zeitung nicht ausschließlich irgendeinem beliebigen Spezialgebiet gewidmet war, der Mineralogie beispielsweise oder dem Leben der Insekten oder den Proble-

men der Gerontologie. Auch dieses hätte ihn nicht interessiert, und er hätte eine solche Zeitung mit der gleichen teilnahmslosen Aufmerksamkeit gelesen wie die anderen ihm unverständlichen Berichte, aber wenigstens mit dem Gefühl, eine nicht eben schmerzliche Wissenslücke langsam zu schließen.
Seit er aus dem Gefängnis entlassen war, hatte er nur ein einziges Mal Zeitungen gekauft und – abgesehen von den alten Blättern, die er beim Betreten der Wohnung vorgefunden hatte – auch keine mehr gelesen. Nun nahm er anteillos zur Kenntnis, daß eine neue Verfassung des Landes durch einen Volksentscheid angenommen worden war, jene Verfassung, deren Entwurf er im Gefängnis unter den sarkastischen Bemerkungen seiner Zellengenossen gründlich gelesen hatte. Er betrachtete die Faksimiles von Dokumenten, die eine vor Jahrzehnten erfolgte Beteiligung des westdeutschen Bundespräsidenten am Bau von Konzentrationslagern während der Zeit des Faschismus zu beweisen schienen. Und er las zwei kurze Artikel über Warschau und Prag, denen er nicht mehr entnehmen konnte, als daß die Zeitungsredaktion mit großer Anteilnahme und tiefer Sorge nicht näher benannte Vorgänge in diesen Städten beobachtete.
Als er aus der Straßenbahn ausstieg, entschloß er sich, zum frühestmöglichen Termin eine Tageszeitung zu abonnieren. Nach der kurzen, ihn langweilenden Lektüre des unerlaubt in Besitz genommenen Blattes schien ihm die tägliche Lektüre einer Zeitung angebracht zu sein. In der Zelle waren es seine angenehmsten Stunden gewesen, die er mit dem Lesen der Zeitung verbracht hatte. Er hoffte, daß ihm die Tageszeitung auch jetzt, außerhalb der Gefängnismauern, eine vergleichbare, interesselose Beschäftigung verschaffen könnte. Er hoffte, mit ihr die viele freie Zeit totzuschlagen.
Am Tage darauf begegnete er Stämmler, seinem Bekannten aus dem Nachbarhaus, und versprach, als dieser ihn am Ende ihres kurzen, nichtssagenden Gesprächs erneut zu sich einlud,

zu ihrer beider Überraschung, zu kommen. Sie vereinbarten einen Besuch für den nächsten Abend.
Danach ging Dallow zu seiner Bank, ließ sich die Auszüge seines Kontos geben und rechnete zu Hause mehrere Stunden lang unter Beachtung aller denkbaren Kosten und Rechnungen aus, wie viele Monate er noch von der Geldsumme leben konnte, die er vor seiner Inhaftierung gespart hatte. Er schrieb immer wieder neue Zahlen auf, addierte und ergänzte sie, um sich im Verlauf des Nachmittags selbst zu bestätigen, daß er weniger als ein Jahr auf seine jetzige Art leben könnte, vermutlich schon in zehn Monaten seine geringen Gelder verbraucht wären. Irgendwann, und während er noch immer spekulierend Zahlen auf Blätter schrieb, kam ihm die Ahnung, daß seine peniblen und nutzlosen Rechnungen ein Vorwand waren, um etwas nicht wahrhaben zu müssen. Oder vielmehr, um eine Veränderung in seinem jetzigen Leben herbeiführen zu können, sie mit triftigen, ökonomischen Gründen zu untermauern, ohne den eigentlichen und dafür ausschlaggebenden Grund eingestehen zu müssen: Er langweilte sich. Die Tage, die er in seiner Wohnung mit kleinlichen, überflüssigen Tätigkeiten verbrachte, mit dem Ordnen seiner Habseligkeiten, was ihn nervös stimmte, wurden ihm unerträglich. Jeden Tag stand er später auf, da er sich vor den sinnlos zu verbringenden Stunden zu fürchten begann. Im Gefängnis hatte er sich nach dieser Freiheit, diesem zweckfreien und nutzlosen Vergeuden von Zeit gesehnt, aber nun mußte er sich eingestehen, daß er dafür der falsche Mann war. Er war nicht fähig, dem Vergehen der Zeit untätig zuzusehen, er litt unter dem langsamen und beharrlichen Verlust geradezu körperlich. Das ihn sonst beruhigende und sogar einschläfernde Geräusch des Sekundenzeigers seines alten, lauten Weckers verursachte in ihm Angstvorstellungen, die seine Unruhe bis zu überraschenden, ihm unerklärlichen Schweißausbrüchen trieben. Sie belästigten ihn zwar nur für Sekunden, erschienen ihm dennoch bedrohlich

und als ein düsteres Vorzeichen. Oft ertappte er sich, wie er, statt im Sessel zu sitzen und ein Buch zu lesen, aufgestanden war und im Zimmer untätig umherlief, das aufgeschlagene Buch in der Hand. Und er konnte sich nicht daran erinnern, wann er zu lesen aufgehört, wann er sich erhoben und umherzulaufen begonnen, was er davor gelesen hatte.

Er war nicht fähig, nichts zu tun. Er hatte es nicht gelernt, sagte er sich, selbst im Gefängnis hatte er viel und sogar bis zur ihn befriedigenden Verärgerung der Aufsichtsbeamten gearbeitet. Sein Versuch, sich selbst zu überlisten und zum Nichtstun als einer neuen, ihn bereichernden Erfahrung zu zwingen, war, er mußte es sich eingestehen, mißlungen. Bedauernd stellte er es fest. Er stand auf, nahm die Papiere mit den Zahlenreihen in die Hand und zerriß sie. Er hatte einen Entschluß gefaßt, der ihn bereits erleichterte, obgleich er noch nicht wußte, wohin er ihn führen würde, welche auch nur hinreichend befriedigenden Möglichkeiten ihm wirklich offenstanden, was er in der Mitte seines Lebens noch für Aussichten hatte, einen neuen Beruf, ein völlig anderes Arbeitsleben für sich aufzutun. Mitte des Lebens, dachte er und lächelte über das Pathos des Wortes, und rasch und abergläubisch fügte er in Gedanken hinzu: in der statistischen Mitte eines Lebens. Er dachte an seinen Vater und dessen Wunsch, er möge auf den Hof zurückkehren. Er schüttelte den Kopf, aber es tat ihm leid, nicht zurückkehren zu können.

Er ging früh zu Bett, um liegend darüber nachzudenken, welche Möglichkeiten ihm noch geblieben waren und wofür er sich entscheiden könnte. Da er die Universität grundsätzlich für sich ausschloß, war er bald ratlos. Sein bisheriges Leben hatte er, wenn er von den zwei Jahren absah, die er im Gefängnis gesessen hatte, in Schulen und Universitäten verbracht, und so fehlten ihm Kenntnisse und Übersicht, um sich außerhalb von Lehranstalten zu orientieren und eine für ihn geeignete Tätigkeit zu finden. Er grübelte unschlüssig und ergebnislos darüber nach. So sehr ihm seine Untätigkeit verhaßt war und ihn peinigte, er spürte aber jetzt auch, wie stark er bereits in ihr verfangen war und daß seine Ratlosigkeit und fehlende Entschlußkraft eine unausweichliche Entsprechung zu seinem jetzigen Leben war, zu seiner Unlust, frühmorgens aufzustehen, zu seinem Unwillen, über den beginnenden Tag nachzudenken, und zu seiner uneingestandenen Sehnsucht nach dem Abend, nach der Zeit des allgemeinen Feierabends, nach jenen Stunden, in denen er gern das Haus verließ, um sich irgendwo in der Stadt unter diejenigen zu mischen, die nun, nach einem Arbeitstag, Erholung suchten und denen er endlich, und war es auch nur für die wenigen Stunden des Abends, glich. Er hatte eine Freiheit gewonnen, die er zu nutzen nicht fähig war. Er war nicht einmal in der Lage, sie zu ertragen. Das war für ihn eine überraschende Erfahrung und eine bedrückende dazu, denn jetzt wußte er, daß längst alle Weichen seines Lebens von ihm oder anderen gestellt waren und er nur noch den vorgeschriebenen Weg zu Ende zu gehen hatte, unfähig, etwas zu ändern. Er würde durch nichts mehr von sich überrascht werden, und auch die Gefängnisjahre hatten nichts daran geändert.

Er war nicht ins Gefängnis gekommen, weil er kriminell, aufsässig oder mutig gewesen war; einer Dummheit wegen hatte man ihn verurteilt und in eine Zelle gesperrt. auch wenn das Urteil etwas anderes sagte und der Richter von etwas anderem überzeugt war. Das Gefängnis blieb ein Unfall innerhalb einer gleichmäßig dahinrinnenden Existenz. Nichts als ein Irrtum. Ein Versehen beider Seiten. Keine Veränderungen. Es gab nur eine Unterbrechung, von der er, nachdem sie nun einmal passiert war, gehofft hatte, sie würde noch eine letzte, wichtige Weichenstellung erlauben. Aber, und das ahnte er jetzt, er verstand nicht, die Chance zu nutzen, es war umsonst, es blieb ein bedauernswerter, nichtssagender Unfall. Wie eine kleine elektrische Eisenbahn hatte man ihn von der gleichförmigen

Schiene genommen, und nun würde er zu nichts anderem fähig sein, als sich darum zu bemühen, daß die Räder dieses kleinen Spielzeugs ohne weitere Erschütterungen und Stöße und möglichst paßgerecht wieder auf der alten Schiene aufgesetzt werden, damit das Spielzeug weiter den endlosen, weil als Schlaufe angelegten Schienenstrang gleichmütig abfahren konnte.
Er war erst sechsunddreißig Jahre alt und doch schon ein alter Mann, jedenfalls so alt, daß er den ganzen Tag darauf wartete, wieder ins Bett zu kommen.
Morgen, sagte er sich, morgen werde ich mich nach einer Arbeit umtun. Er lächelte über sich selbst, kicherte und zog die Bettdecke über die Schultern. Dann dachte er an Elke. Er hatte Lust, mit ihr zu schlafen, und scheute sich davor, zu ihr zu gehen. Er befürchtete, dann würde, ohne daß er es entschieden hatte oder künftig noch verändern konnte, ein festes Verhältnis beginnen. Und das wollte er nicht, gleichzeitig war ihm aber auch klar, daß er wieder zu ihr gehen würde. Denn die Barbesuche langweilten ihn. Die Schönen der Nacht erschreckten ihn zunehmend und brachten ihn dazu, sich vor sich selbst zu ekeln.
Er würde wieder zu Elke gehen, und irgendwann, und wahrscheinlich sehr bald, wäre ihm auch hier die Entscheidung abgenommen, würde er sie nur deshalb besuchen, weil er sie ein oder zwei Tage zuvor besucht hatte, wäre ihr Zusammensein nur noch die nicht endende Folge einer irgendwann stattgefundenen Begegnung. Sie würden sich lieben in ihrem Bett oder auf der Matratze hinter dem Kleiderschrank, weil sie sich schon einmal dort geliebt hatten und es für die nächste Ewigkeit tun würden. Die Spielzeuglokomotive, die kleine Modelleisenbahn mit dem Namen Hans-Peter Dallow würde unaufhörlich ihr geradliniges und dennoch kreisförmiges Gleis abfahren. Und mit einem höhnischen Lächeln schlief Dallow ein.

Stämmler war überrascht, als Dallow am anderen Abend bei ihm läutete. Dallow erkundigte sich, ob er ungelegen käme. Stämmler verneinte es und bat ihn herein. Sie setzten sich ins Wohnzimmer. Stämmler goß ihm und sich einen Schnaps ein. Das Gespräch der Männer verlief stockend, da Stämmler es vermied, über Dallows Inhaftierung zu sprechen.
Dallow hörte ihm zu, ohne ihm behilflich zu sein. Ihn amüsierte das schwierige, gerade zwanghafte Aussparen seiner Haft.
Nach einer halben Stunde erschien Doris, Stämmlers Frau, und bat ihren Mann, den Kindern gute Nacht zu sagen. Stämmler fragte Dallow, ob er nicht mitkommen wolle, um die Kinder zu sehen. Den Jüngsten kenne er schließlich noch gar nicht.
Dallow war bereits im Begriff, sich aus seinem Sessel zu erheben, als er kurz entschlossen entgegnete: »Nein, ich glaube, ich will sie nicht sehen.«
Die Betroffenheit der Frau veranlaßte ihn hinzuzufügen: »Ich kann mit Kindern nichts anfangen.«
Der Abend wurde für alle drei quälend. Dallow erkundigte sich bei Stämmler nach Arbeitsmöglichkeiten. Stämmler antwortete ihm unwillig, jedenfalls schloß Dallow es aus der Einsilbigkeit der Antworten, die er erhielt. Er verwies Dallow darauf, daß man in der Wirtschaft für Historiker kaum eine Verwendung habe. Als Dallow erklärte, daß er nicht mehr in seiner Wissenschaft arbeiten wolle, sondern irgendeine andere Arbeit suche, sagte er: »Das sind Dummheiten, Peter. Wieso willst du dein Studium wegwerfen, die vielen Jahre Arbeit?«
Dallow sah ihn ernst an und antwortete aufrichtig: »Weil ich keine Zeit mehr zu verlieren habe. Ich habe das Gefühl, ich muß endlich erwachsen werden.«
»Ja«, stimmte Stämmler ihm zu, »genau das wollte ich dir gerade empfehlen.«
Seine Frau kicherte kreischend, und Dallow entschloß sich, zustimmend zu lächeln.

»Und bei euch«, fragte er unbeirrt, »bei euch siehst du für mich keine Möglichkeit?«
Stämmler schüttelte den Kopf. »Bei uns müßtest du klein anfangen, ganz, ganz klein. Das wär nicht die Art, erwachsen zu werden.«
Dallow sah zu Doris und überlegte, ob sie noch immer von seiner Bemerkung über die Kinder gekränkt war.
Wir haben noch kein Wort über die letzten zwei Jahre gesprochen«, sagte er dann. »Interessiert euch nicht, wie unsere Gefängnisse sind?«
Stämmler und seine Frau sahen sich an. Dann sagte sie: »Wir dachten, du würdest nicht gern darüber sprechen.«
Die Antwort überraschte Dallow, er dachte nach. Schließlich nickte er zustimmend und sagte: »Tatsächlich ist nicht viel darüber zu sagen. Man führt dort ein sehr geregeltes Leben, wenn man sich erst einmal daran gewöhnt hat. Und selbst das geht erstaunlich rasch. Andererseits waren es für mich immerhin zwei Jahre, die kann ich nicht aus meinem Leben streichen.«
»Wenn du darüber reden willst, bitte«, sagte Stämmler und goß Schnaps nach, »wir hören dir zu.«
»Nein, ich muß nicht darüber sprechen, ich habe da keine Probleme.«
Dallow war verärgert und hatte im scharfen Ton geantwortet. Dann schwiegen sie lange, und als Dallow endlich sagte, daß er langsam an den Heimweg denken müsse, nickte Stämmler nur und stand sofort auf. Sie verabschiedeten sich kühl voneinander.
Zu Hause trank Dallow in der Küche noch einen Schnaps und dachte an seine Freunde und Bekannten. Er drehte das Radio an und hörte sentimentalen englischen Schlagern zu, die süßlichen und traurigen Refrains sang er laut mit.
Irgend etwas hatte sich verändert, ohne daß er sich darüber klarwerden konnte. Er dachte daran, sich mit den Kumpels aus

dem Knast zu treffen, verwarf diesen Gedanken aber schnell. Er war mit keinem von ihnen befreundet, und gewiß legte keiner von ihnen Wert darauf, sich mit ihm zu treffen. Aber offenbar galt auch für ihn das Knastgesetz, jene Sprüche, die erfahrenere Häftlinge ihm überreichlich mitgeteilt hatten. Das Gefängnis, sagte er sich, war wohl doch mehr als nur ein Unfall in meinem Leben.

Er bemerkte, daß er laut mit sich sprach und, ohne sich dessen bewußt zu sein, mit der Hand immerzu auf den Tisch schlug. Das verstimmte ihn. Er goß das Glas randvoll und trank es in einem Zug leer. Es schüttelte ihn. Er stand auf und sah in den kleinen Spiegel über dem Abwaschtisch. Er sah sich prüfend in die Augen und betrachtete mißtrauisch sein Gesicht. Ihm war bewußt, daß ihn, tief versteckt und uneingestanden, Heimweh quälte, ein Heimweh nach der Zelle. Er vermißte jene sonderbare Geborgenheit, die vollständige, alles umfassende Vorsorge, das ausnahmslos geregelte Leben. In der Zelle hatte er nichts entscheiden müssen. Nachdem sein Widerstand gegen die starren, unumstößlichen Regeln aufgebraucht war, hatte er sich den jede Tätigkeit und jede Minute des Tages und der Nacht regelnden Befehlen nicht nur gefügt, sondern die damit verbundene Befreiung von Entscheidungen zufrieden hingenommen. Und jetzt vermißte er den verordneten Tagesablauf und die Anweisungen, er vermißte das gedankenlose und entscheidungsfreie Dahinleben. Und vielleicht kam er frühmorgens nur deswegen nicht aus dem Bett, weil niemand ihn türenschlagend und mit rauhen, unverständlichen Befehlen dazu aufforderte. Ich habe die Zelle noch immer nicht verlassen, gestand er sich, auch ich stecke offenbar noch mit einem Bein drin.

Er goß Schnaps nach und sah durch das Küchenfenster in die Nacht. Er sah die Zweige des Baumes vor seiner Küche, nicht aber den Stamm und schon gar nicht die dahinterliegenden Trockenplätze, Garagen und kleinen Gärten. Das dunkle Küchenfenster beunruhigte ihn. Er hatte das lächerliche Gefühl, die Nacht sehe ihn durch sein Küchenfenster an, das Fenster sei eins der Augen der Nacht. Unverwandt blickte er in das dunkle Fenster. Er wagte es nicht, sich mit dem Rücken zum Fenster zu setzen. Morgen früh kaufe ich mir eine Gardine, sagte er laut und trank den Schnaps aus. Er war müde. Zu müde, um ins Bett zu gehen. Wie ein entlaufener und verwilderter Hund, dachte er. Er lächelte über seinen Vergleich und dachte dann lange darüber nach. Das Bild erschien ihm einleuchtend. Entlassene Häftlinge, sagte er sich, sind diesen armseligen Hunden vergleichbar, sie wirken räudig, sind struppig, laufen mit ständiger Angst vor Prügeln durch die Stadt, beharrlich auf der Suche nach etwas, das sie nicht kennen und doch sehnsüchtig aufzuspüren suchen. Sie sind verschlagen und bissig und unberechenbar, und doch sind sie nur auf der Suche nach einem neuen Herrn, der sie tätschelt und schlägt und dem sie die Hand lecken können. Und nach dessen Hand sie irgendwann einmal, und nur weil sie noch immer nach dem unauffindbaren Etwas suchen, schnappen werden, leicht und spielerisch oder mit ihrer ganzen unverbrauchten Wut und ihren tödlichen Zähnen.

Verwilderte Hunde auf der Suche nach einem neuen Herrn. Dallow dachte an die Frauen, bei denen die Entlassenen Unterschlupf fanden. Sicher waren es herrschsüchtige, dominierende Frauen, Ersatz für die verlorene Sicherheit, die Fortsetzung des ständigen und vollständigen Umsorgtseins. Was die Entlassenen brauchten, war die ihnen gewohnte Zärtlichkeit eines Schließers, die Liebe eines Korporals, der ihnen grimmig den Tag einteilt, stets schlagbereit, um einem Angriff, einem Schnappen nach der Hand zuvorzukommen, und auf den sie sich ohne nachzudenken verlassen konnten.

Er dachte an Elke und überlegte, ob auch sie für ihn ein solcher Ersatz war, ob er bei ihr die fatale Geborgenheit der Zelle suchte.

Er bemerkte, daß es ihm zunehmend schwerer fiel, laut zu sprechen. Mit beiden Händen sich auf dem Küchentisch abstützend, erhob er sich. Er schraubte den Verschluß der Schnapsflasche zu und ging zum Klavier hinüber. Er klappte es auf, zögerte aber, eine der Tasten anzuschlagen. Er ließ den Klavierdeckel fallen, so daß das Instrument laut dröhnte. Dann ging er ins Bett. Reizender Abend bei dir, Stämmler, sagte er zufrieden, bevor er, schwer stöhnend, einschlief.

Die nächsten Tage verbrachte er damit, sich eine Arbeit zu suchen.
Dallow hatte sich entschieden, sich als Kraftfahrer zu bewerben. In seinem Dorf war er einige Jahre lang während der Schul- und später der Semesterferien Traktor und Lastwagen gefahren, er hatte auch die Prüfung für diese Fahrzeugklasse bestanden. So nahm er alle nötigen Papiere, setzte sich in sein Auto und fuhr zu einer Konservenfabrik im Südwesten der Stadt. Während der Pförtner einen Passierschein ausstellte, las er die auf einer hölzernen Tafel neben der Pförtnerloge genannten Berufe, für die man noch Arbeitskräfte suchte. Er ließ sich den Weg zur Kaderabteilung erklären und ging ins Bürogebäude hinüber.
Der Sekretärin erklärte er, weshalb er gekommen sei. Sie nahm es wortlos zur Kenntnis und verschwand dann im Nachbarzimmer. Als sie zurückkam, bat sie ihn zu warten, man empfinge ihn gleich. Er setzte sich und betrachtete die ausgehängten Plakate, die teilweise die rissigen, grauen Wände verdeckten und, selbst stark vergilbt und verstaubt, dazu aufriefen, die Arbeitsschutzbestimmungen zu beachten.
Er wandte sich zu der Sekretärin und fragte sie: »In Ihrem Betrieb gibt es wohl sehr viele Unfälle?«
Sie sah ihn verständnislos an. Er wies auf die Plakate, die sie sich daraufhin ansah und, wie Dallow schien, zum erstenmal wahrnahm. Schließlich verneinte sie seine Frage im Ton einer Zurechtweisung, wandte ihm den Rücken zu und beugte sich wieder über die Papiere auf ihrem Schreibtisch.
Dallow gab es auf, mit ihr ein Gespräch anzuknüpfen.
Sie mißfiel ihm jetzt, sie war ihm zuwider. Er haßte sie plötz-

lich. Er haßte sie grundlos, wie er sich eingestand, und nur, weil sie nicht bereit war oder keine Zeit hatte, sich mit ihm zu unterhalten. Sie mußte so alt sein wie er, das Auffälligste an ihr war der schlanke Oberkörper mit den großen Brüsten auf einem dicken, unförmigen Unterteil. Selbst ihre Arme und Beine besaßen die gleichen Disproportionen, schlanke, freundlich gerundete Arme und unansehnliche, fette Beine. Als sei sie aus zwei Personen zusammengesetzt, ein falsch zusammengefügtes Puzzle, oder wie eine der Personen aus jenen Kinderbüchern, in denen man durch das Blättern der zerschnittenen Seiten Köpfe, Körper und Beine immer wieder neu und überraschend und in unzählbar scheinenden Variationen einander zuordnen konnte. Dallow schüttelte angewidert den Kopf, die Abneigung wich Mitleid und der Haß einem ebensowenig begründeten Ekel. Er hoffte jetzt, daß sie aufstünde, damit er sie genauer betrachten könne. Er wollte die Schnittstelle sehen, wo der schlanke Oberkörper auf den unpassenden Unterleib aufgesetzt war, aber die Sekretärin blieb auf ihrem Drehstuhl sitzen.

Als sich die Tür zum Nachbarzimmer öffnete und ein Mann Dallows Namen rief und ihn bat, in sein Zimmer zu kommen, stand er auf. Und während er dem Mann in das Nachbarzimmer folgte, wandte er den Kopf zu der Sekretärin um. Aber sie arbeitete weiter, ohne auch nur aufzusehen.

Der Mann schloß hinter Dallow die Tür, gab ihm die Hand und stellte sich ihm dabei undeutlich vor. Er heiße Seidler oder Seißler, hatte Dallow verstanden. Der Mann forderte ihn auf, Platz zu nehmen, und ging hinter seinen Schreibtisch. Er hatte helles, schütteres Haar und eine ungesunde rote Gesichtsfarbe. Er fragte Dallow nach seinem Anliegen und erkundigte sich dann, ob er als Kraftfahrer Berufspraxis habe. Dallow bejahte das und sprach von der Sommerarbeit auf dem Land.

Herr Seidler oder Seißler lächelte: »Und was haben Sie zuletzt gemacht?«

»Ich war zwei Jahre im Gefängnis«, erwiderte Dallow und bemühte sich, dabei nicht verlegen zu wirken und seine Stimme gleichmütig klingen zu lassen.
Der Mann hinter dem Schreibtisch wirkte nicht erstaunt. Er fragte lediglich, ob er sich nach dem Grund der Inhaftierung erkundigen dürfe.
»Ich habe ein Lied gespielt«, sagte Dallow, »einen Tango.«
Jetzt war Seidler oder Seißler überrascht. Er lächelte Dallow ratlos an und überlegte. Dann verengten sich seine Augen und er fragte: »Einen Tango?«
Dallow nickte. »Ja«, sagte er, »ein altes Lied. Zwei rote Lippen und ein roter Tarragona, vielleicht kennen Sie das Lied?«
Der Mann war verwirrt. »Sie haben«, sagte er, »für dieses Lied zwei Jahre ...«
»Einundzwanzig Monate«, unterbrach ihn Dallow, »um korrekt zu sein.«
»War es vielleicht ein staatsgefährdender Tango, Herr Dallow?« fragte der Kaderleiter und beugte sich erwartungsvoll vor.
»Das war die Ansicht des Richters«, bestätigte Dallow.
Seidler oder Seißler lächelte jetzt zufrieden und beruhigt. Er lehnte sich zurück und fragte sehr ironisch: »Und Sie singen noch immer solche Lieder?«
»Ich habe nie gesungen. Ich habe diesen Tango lediglich auf dem Klavier begleitet. Aber selbst das Klavierspielen habe ich aufgegeben.«
Der Mann hinter dem Schreibtisch nickte zustimmend. Er ließ sich Dallows Papiere geben und blätterte in den Dokumenten, während er weiter mit ihm plauderte.
»Sie haben es tatsächlich aufgegeben? Das bestärkt mich in meinen Ansichten. Vorige Woche diskutierte ich mit unserem Direktor, ob Gefängnisstrafen tatsächlich einen Menschen erziehen können, ihn verändern, zum Guten führen. Der Direktor bestreitet es. Für ihn liegt der Sinn der Strafe allein in der

Strafe. Er glaubt nicht an Besserung. Er wird sehr erstaunt sein, wenn ich Sie ihm vorstelle. Das verwundert Sie, Herr Dallow? Mein Lieber, für eine Konservenfabrik ist das kein theoretisches, sondern ein durchaus praktisches Thema. Wollen Sie wissen, wieviel Prozent der Arbeiter hier Strafentlassene sind?«
Dallow sah, wie sein Versicherungsausweis in den Händen des rotgesichtigen Mannes vibrierte. Ein Alkoholiker, dachte er, wieviel Prozent sind hier Alkoholiker.
»Und davor waren Sie an der Universität«, sagte der Mann. »Als was? Als Kraftfahrer? Man kann es kaum lesen.«
»Nein, als Historiker«, erwiderte Dallow, »erst als Student, dann als Wissenschaftler.« Und er fügte, als er die Enttäuschung des Kaderleiters bemerkte, unsinnigerweise hinzu: »Neunzehntes Jahrhundert, Anfänge der Arbeiterbewegung, das war mein Spezialfach.«
Der Mann ließ verärgert den Ausweis auf den Tisch fallen. »Ach so«, sagte er lediglich.
Er griff nach dem Ausweis und reichte ihn mit den üblichen Papieren Dallow zurück. »Und wieso bewerben Sie sich nicht an der Universität? Wir brauchen hier keinen Historiker. In drei Jahren vielleicht, dann feiern wir fünfundzwanzigjähriges Betriebsjubiläum. Sie könnten dann für uns die Festschrift schreiben. Wenn Sie damit einverstanden sind, kommen Sie in drei Jahren zu mir. Ich gebe Ihnen dann alle nötigen Fakten.«
»Ich suche eine Stelle als Kraftfahrer. Ich arbeite nicht mehr als Historiker.«
»Ach, Sie haben auch diesen Beruf aufgegeben? Bei Ihnen hat die Strafe ja erstaunliche Wirkungen, Herr Dr. Dallow. Mein Direktor wird verblüfft sein, wenn ich ihm von Ihnen erzähle. Was haben Sie noch alles aufgegeben?«
»Ich suche eine Stelle als Kraftfahrer«, unterbrach Dallow ihn grob. »Können wir bitte darüber sprechen.«
Der Kaderleiter räusperte sich und lächelte mitleidig.

»Nein«, sagte er dann, »es tut mir leid. Ich kann nichts für Sie tun. Wir benötigen zur Zeit keinen Kraftfahrer. Versuchen Sie es bitte woanders.«
»Aber am Tor steht unübersehbar . . .« wandte Dallow ein.
Der Kaderleiter unterbrach ihn. »Die Tafel ist nicht mehr aktuell. Ich werde das sofort ändern lassen.«
Er stand auf, ging an die Tür und öffnete sie. Auch Dallow erhob sich, blieb aber mitten im Zimmer stehen und fragte: »Und hätten Sie etwas anderes für mich? Sie suchen doch verschiedene Arbeitskräfte.«
Seidler oder Seißler schüttelte bekümmert den Kopf. »Ich bedaure. Wir suchen nichts mehr. Wir haben alles, was wir benötigen.«
»Wie schön für Sie«, sagte Dallow giftig.
»Ja«, bestätigte der Mann. »Und viel Glück, Herr Dr. Dallow.«
Vor dem Werktor betrachtete er die hölzerne Tafel und las die dort aufgeführten gesuchten Berufe. Er sah zu dem Pförtner und ging einige Schritte auf ihn zu. Doch dann wandte er sich um und ging, ohne den Pförtner nochmals angesprochen zu haben, aus dem Werkstor.
Am gleichen Tag noch suchte er eine Spielwarenfabrik und den Großbuchhandel auf, doch auch hier wurden plötzlich keine Kraftfahrer mehr benötigt.
Bereits am nächsten Tag machte es ihm Mühe, weitere Betriebe aufzusuchen und nach einer Arbeit zu fragen. Nach drei Tagen entschloß er sich, in den ausgesuchten Firmen zuvor anzurufen, um sich anzumelden und zu fragen, ob man tatsächlich Kraftfahrer suche. Als seine Bewerbungen auch dann ergebnislos blieben und er immer abgewiesen wurde und hören mußte, es sei keine Stelle frei und die anderslautende telefonische Auskunft ein bedauerliches Versehen, wurden ihm diese Wege und Gespräche unerträglich. Er bemerkte, wie unsicher er wurde und wie schüchtern er selbst den Sekretärinnen gegenüber auftrat. Er ermahnte sich selbst, aber er konnte die Verun-

sicherung nur schlecht verbergen. Bald erwartete er, je häufiger er abgewiesen wurde, die erneute Ablehnung schon, kaum daß er das Zimmer betreten hatte. Die Gespräche dauerten zumeist nur wenige Minuten, und doch fühlte er sich danach ermüdet wie nach einer langen schweren Arbeit.
Am Beginn der zweiten Woche seiner Arbeitssuche war er nur noch fähig, in höchstens zwei Betrieben täglich vorzusprechen, aber zwei Tage später war er auch dazu zu erschöpft und fuhr nach der ersten Absage nach Hause, um sich hinzulegen und sofort einzuschlafen.
Er versuchte zu erfahren, weshalb ihm keiner der Betriebe einstellen wollte, obgleich alle Kraftfahrer benötigten und telefonisch zunächst lebhaftes Interesse bekundeten. Aber alles, was er dann zu hören bekam, waren Entschuldigungen und ein mehrfach ausgedrücktes Bedauern sowie kaum verhohlene Ausflüchte, die ihn anfangs verärgerten, später verunsicherten. Ihn verwirrte, daß er keinen Grund für die ständigen Ablehnungen sehen konnte.
Vermutete er zuerst, daß seine Gefängnisstrafe die verschiedenen Betriebe davon abhielt, ihn als Kraftfahrer einzustellen, so verwarf er diesen Gedanken bald, denn wenn er seine Vermutung in dem Gespräch verbittert äußerte oder auch nur andeutete, wurde er rasch mit Zahlen überschüttet, die ihm zu beweisen hatten, daß man keinerlei Vorbehalte gegen ehemalige Strafgefangene hege, da man nur beste Erfahrungen mit ihnen gemacht habe. Aber bedauerlicherweise und anders, als ihm zuvor telefonisch mitgeteilt, bestehe derzeit kein Bedarf an Kraftfahrern.
An manchen Tagen glaubte er an eine Verschwörung gegen seine Person. Die Merkwürdigkeiten und verdächtigen Übereinstimmungen der Ablehnungen und Begründungen schienen ihm diese nahezulegen, aber er vermied es, darüber zu sprechen, und versuchte, es sich auszureden. Wiederholt aber dachte er an die Herren Schulze und Müller, er vermutete, daß

sie irgendwie beteiligt waren, konnte aber keine ihn selbst überzeugende Verdächtigung gedanklich zu einem Ende führen. Er fürchtete vielmehr, Anzeichen eines Verfolgungswahns bei sich aufzuspüren, und bemühte sich daher, diese Überlegungen zu verdrängen.

Ende April gab er seine Suche nach einer Arbeit auf. Er war erleichtert, als er am Morgen nach dieser nächtlichen Entscheidung aufwachte und von diesem unwürdigen Spiel der Demütigungen, Ausflüchte und Lügen befreit war.
Ein Schimmer von Besorgnis trübte seine Zufriedenheit, wenn er daran dachte, daß spätestens in einem Jahr seine Geldmittel erschöpft sein würden und er heute noch weniger als einen Monat zuvor wußte, was er dann tun könnte. Aber ein Jahr, sagte er sich, ist lang, und es können vielfältige Veränderungen in diesem Zeitraum eintreten. Die jetzige Sorge sei unbegründet und töricht.
Er dachte viel über sich nach. Erst jetzt wurde ihm bewußt, wie tief ihn die Suche nach Arbeit und die Zurückweisungen wirklich gekränkt hatten. In diesen vierzehn Tagen war etwas mit ihm geschehen, wogegen er sich in den zwei Jahren seiner Haft energisch und erfolgreich gewehrt hatte. Erst die zweifelhaften, unbegründeten und sein Mißtrauen erregenden Ablehnungen schienen nun sein Selbstbewußtsein nachhaltig verstört zu haben. Er empfand Selbstmitleid, was ihm unangenehm und widerlich war, doch konnte er sich nur mangelhaft gegen dieses Gefühl wehren.
Er dachte daran, Elke zu besuchen, verwarf aber diesen Gedanken, da er befürchtete, daß ihn sein Selbstmitleid zu ihr trieb. Er wollte keine Schulter, an der er sich ausweinen konnte, er wollte nicht getröstet werden.
Er verlangte von sich, jetzt mit sich allein auszukommen. In den letzten zwei Wochen hatte er Elke mehrmals besucht. Zweimal blieb er über Nacht und schlief mit ihr auf der für ihn

zu kurzen Matratze zwischen Schrank und Korridorwand. Am nächsten Morgen war er mit ihr und dem Kind aufgestanden, und sie hatten gemeinsam gefrühstückt und dann das Haus verlassen. Er hatte mit ihr über seine Arbeitssuche gesprochen, aber sie verstand ihn nicht oder glaubte nicht an die Ernsthaftigkeit seiner Absicht.

»Wenn du arbeiten willst«, sagte sie, »wieso ausgerechnet als Kraftfahrer?«

»Warum nicht?« fragte er zurück. »Eins ist so gut wie das andere.«

»Es ist immer das gleiche«, antwortete sie ihm, während sie ihrem Kind einen Mantel anzog, »wenn Männer über ihre Arbeit reden, merkt man, daß sie nicht beabsichtigen, erwachsen zu werden.«

Dallow massierte sanft ihren Rücken und den Halsansatz, während sie sich über die Tochter beugte, um einen Arm in den Ärmel des Mantels einzufädeln, und fragte: »Wo ist der Unterschied? Reden Frauen anders über die Arbeit?«

Sie setzte dem Kind eine Wollmütze auf und verknotete sie. Dann nahm sie das Mädchen auf den Arm, hielt es vor Dallows Gesicht und sagte: »Das ist der Unterschied.«

Dallow hatte eine andere Antwort erhofft, und um nichts erwidern zu müssen, zog er sie an sich und küßte sie und das Mädchen auf die Stirn. Sie ist so wunderbar praktisch, dachte er, wozu soll ich sie mit einem Problem belasten, für das es keine Lösung gibt.

Er brachte sie zur Straßenbahn, und als sie sich verabschiedeten, versprach er Elke, sich bald bei ihr zu melden.

»Ruf mich zuvor in der Buchhandlung an«, bat sie, »es ist für mich besser, wenn ich weiß, ob ich am Abend noch auf ein Klingeln an der Tür warten kann.«

An dem Tag, an dem er seine Arbeitssuche einstellte, ging Dallow schon am Nachmittag in Harrys Café. Er setzte sich in die Nähe der Bar, die noch geschlossen war, und bestellte

Schnaps und Kaffee. Als der Kellner die Getränke brachte, fragte er ihn nach Harry.
»Er sitzt beim Chef oben. Sie gehen die Bestellungen durch«, sagte der Kellner mit einem bösen Grinsen.
Dallow sah sich im Café um. An dem runden Tisch hinter dem Flügel saßen wie immer ein paar Maler und Professoren der Kunsthochschule, sprachen laut und selbstgefällig miteinander, musterten aufdringlich die vorbeigehenden Mädchen und lachten häufig und dröhnend, so daß die anderen Besucher des Cafés für Sekunden verstummten und ihre Köpfe zu dem einzigen runden Tisch in dem Raum wandten.
Dallow kannte sie noch von früher, aus der Zeit vor dem Gefängnis. Sie kamen regelmäßig, jeden Nachmittag zwischen drei und fünf, tranken Kaffee und Sekt an dem für sie reservierten Tisch, hielten Hof, lärmten etwas und waren bei den Kellnern beliebt, da sie reichlich Trinkgeld gaben. Sie waren, so erschien es Dallow, mit sich und der Welt auf eine beneidenswerte Weise zufrieden.
Er trank den Kaffee und den Schnaps und bestellte, als der Kellner an seinen Tisch kam, nochmals das gleiche. Er wartete, ohne zu wissen worauf. Vor langer Zeit hatte er die Erfahrung gemacht, daß die einfachste und erträglichste Form des Wartens darin bestand, sich in ein Café zu setzen: Die Stunden verrannen und irgendwann mit ihnen dieses lähmende, unbestimmbare und quälende Gefühl, etwas zu erwarten, was nie eintreffen kann, weil es nicht existiert.
Nach einer Stunde erschien Harry in der Küchentür. Er winkte Dallow zu und ging an den runden Tisch, um jeden der dort sitzenden Männer mit Handschlag zu begrüßen. Er sprach einige Minuten mit ihnen in seiner üblichen Kellnerhaltung, den Rücken leicht vorgebeugt, den Kopf geneigt und mit den Fingerspitzen der linken Hand sich auf den Tisch abstützend.
Dann kam er zu Dallow und setzte sich zu ihm. Er machte ein paar Scherze, winkte dann seinen Kollegen heran und bat ihn,

seine Gäste mitzubedienen. Der Kellner stimmte maulend zu und brachte das bestellte Bier. Er stellte auch einen Teller mit Besteck auf den Tisch ab, da Bier in dem Café nur zum Essen ausgeschenkt wurde und der leere Teller mit dem gekreuzten Besteck den Kellnern einen ausreichenden Vorwand lieferte, ihren Stammgästen dennoch Bier zu servieren.

»Er übersteht's nicht mehr lange«, sagte Harry und verzog bedauernd den Mund. Er sprach über seinen Chef.

»Hier machen nur die Kellner und der Koch Kasse, der Alte legt zu. Jetzt fängt er schon an, bei den Bestellungen zu sparen. Das ist sein Ende.«

Harry trank das Glas in einem Zug leer und steckte sich eine Zigarette an.

»In spätestens einem halben Jahr«, fuhr er fort, »wird er verkaufen müssen. Er kann uns nicht mal den Lohn pünktlich auszahlen, wir bekommen nur Abschlag. Er ist tot und will's nicht wahrhaben.«

Während er sprach, überblickte er die Tische des Cafés und folgte mit den Augen seinen Kollegen, die mit den kleinen silbernen Tabletts durch den Raum liefen.

»Und wenn er schließt, was wirst du unternehmen?« fragte Dallow.

Harry lächelte, während er weiter die Caféhausgäste und Kellner beobachtete. »Ich hoffe, er hält noch ein halbes Jahr durch, dann bin ich weg.«

Dallow wartete, bis Harry ihn ansah. »Dann hast du deine eigene Kneipe?«

Harry gab keine Antwort.

»War sie sehr teuer?«

»Du kannst Fragen stellen«, sagte Harry. Er winkte einen Kollegen heran, goß das restliche Bier ins Glas, drückte ihm die leere Flasche in die Hand und bestellte ein weiteres Bier.

»Am 1. Oktober übernehme ich eine Kneipe in Plagwitz draußen. Für eine Bierkneipe eine gute Gegend. Der jetzige Besitzer

ist über siebzig. Wir sind uns einig geworden.« Er grinste wieder.
»Machst du die Kneipe allein?« fragte Dallow.
»Nein. Eine Frau in der Küche und einen Kellner. Aber keine Ganoven wie die hier.«
»Ich suche gerade eine Arbeit«, sagte Dallow beiläufig und rührte seinen Kaffee um.
Harry sah ihn überrascht an und überlegte.
»Ich weiß nicht«, sagte er langsam, »aber ich glaube nicht, daß du da lange bleiben würdest. Das wäre nichts für dich. Ich würde dir gern helfen, aber ich brauche einen Kellner, der mit Leuten kann, verstehst du. Dafür bist du nicht der Mann, Peter.«
Er schaute Dallow bekümmert und um Verzeihung bittend an.
»Und sonst?« fragte Dallow. »Wie geht's der Familie?«
Harry verzog die Augenbrauen und machte eine vielsagende Geste. Der Kollege brachte eine Bierflasche, öffnete sie und goß das Glas voll. Er erkundigte sich, wann Harry sich umziehen und arbeiten wolle. Harry erwiderte nichts, sondern sah ihm zu und wartete, bis der Kellner den Tisch verließ. Dann sagte er zu Dallow: »Alles in Ordnung. Alles prächtig. Und ansonsten das alte Lied. Die üblichen Vorwürfe. Du kennst das ja auch.« Er zündete sich eine Zigarette an.
»Da steckt irgendwo ein Rechenfehler«, sagte er mißmutig, »und ich glaube, wir alle werden auf eine grandiose Weise von den Frauen hereingelegt. Überleg doch mal, wenn Männer tatsächlich durch die Bank weg solche Hurenböcke sind, wie wir dauernd zu hören bekommen, und die Frauen alle treue und selbstlose Seelen, wo zum Teufel kommen die Huren her? Mit wem treiben es diese Männerschweine? Wieso sind es nur die Männer, die da fortgesetzt und wild durcheinander vögeln? Denn genau das ist es, was uns die Frauen einzureden versuchen. Aber das ist rechnerisch unmöglich. Wenn auf dieser Welt alle Männer unentwegt in fremde Betten steigen, wer

liegt da eigentlich drin? Ich meine, wenn die Männer durchweg polygame Säue sind, und das hören wir tagaus, tagein, dann kann es nicht nur ein paar Nutten und ansonsten treue Ehefrauen geben, sondern ebenso viele, ebenso lustige Frauen. Wir sind irgendwie reingelegt worden, sozusagen ein grandioser Jahrhundertbetrug. Man hat unser schlechtes Gewissen benutzt, um uns einzureden, daß es nur Männer sind, die fremdgehen. Und eben das ist rechnerisch unmöglich.«
Er trank sein Glas aus und winkte dann einen Gruß zu einem der Tische. Er sah Dallow an und fragte: »Was hältst du davon?«
»Es scheint, du hast recht«, sagte Dallow lächelnd, »aber das ist nicht mein Problem zur Zeit. An diesem Spiel habe ich mich zwei lange Jahre nicht beteiligt, da sieht man manches anders.«
»Glaub mir, sie haben uns reingelegt. Sie haben uns eingeredet, wir seien die kleinen Ferkel. Und sie waren so erfolgreich, daß wir es selbst glauben. Dabei ist es nicht einmal mathematisch möglich. Aber wir müssen mit diesem Vorwurf leben. Die Wissenschaft sollte das einmal untersuchen, das wäre etwas Nützliches für uns. Na, sei's drum.«
Er stand auf und drückte die Zigarette aus. »Wir sehen uns gleich, ich ziehe mich um.« Er schob sich langsam zwischen den Tischen durch, immer nach Bekannten Ausschau haltend, um sie dann jovial zu begrüßen. Und die so Angesprochenen grüßten heftig zurück, durch die Aufmerksamkeit des Oberkellners offenbar geehrt. Er verschwand hinter der schmalen Tür neben dem Flügel. Dort führte, wie Dallow wußte, eine schmale Treppe zur Kellnergarderobe hinauf.
Zehn Minuten später erschien Harry wieder. Er trug nun wie alle Kellner des Cafés einen weinroten Frack, eine schmale Fliege und eine schwarze Hose. Er lächelte Dallow zu und verschwand in der Küche.
Dallow bestellte seinen vierten Schnaps und eine Limonade. Er beobachtete, wie die Gäste des Cafés wechselten. Die nachmit-

täglichen Kaffeetrinker verschwanden und überließen ihre Plätze den festlicher gekleideten Paaren, die die Kellner nach ihren bestellten Tischen fragten und offenbar den ganzen Abend hier verbringen wollten.
Eine Stunde später spielte die kleine Kapelle Tanzmusik und auf den Steinplatten unterhalb der Treppe drehten sich einige Paare. An dem runden Tisch, der zuvor den Malern gehört hatte, saßen nun einige Handwerker mit ihren Frauen, die ebenso laut wie die Maler miteinander redeten und ebenfalls fortwährend Sekt kommen ließen. Auch die Bar war jetzt geöffnet. Dallow hatte Christa, der Tochter des Chefs, zugenickt, als sie kam. Später war er an die Bar gegangen, um Zigaretten zu kaufen, und hatte sie bei dieser Gelegenheit angesprochen, aber das Mädchen antwortete ihm nur knapp und kühl. Ein Abteilungsleiter aus Jena kam an seinen Tisch und versuchte vergeblich, mit Dallow ins Gespräch zu kommen. Der Mann setzte sich dann an die Bar, von wo aus er das Café überblicken konnte und mehrfach gleichfalls vergebliche Versuche unternahm, eine Frau zum Tanz aufzufordern. Dallow sah ihm interessiert zu, denn er langweilte sich. Er hatte gehofft, Bekannte zu treffen, doch schnell begriffen, daß es unmöglich war. Diese Bekannten gehörten zu seinem vergangenen Leben, er hatte nichts mehr mit ihnen zu tun, sie nichts mit ihm. Er war nicht in die Stadt zurückgekehrt, die er damals, vor zwei Jahren, verlassen hatte. Es war eine fremde Stadt mit für ihn fremden Menschen, und es gab für ihn, der nicht bereit war, an sein früheres Leben anzuknüpfen, keine Möglichkeit, in diese alte Stadt zurückzukehren.
Wie wenig reicht doch aus, dachte er, sein Leben zu ändern. Er sah fortgesetzt zu dem Dienstreisenden, diesem kleinen, runden, rotgesichtigen Herrn aus Jena, der gewiß erfolgreich sein Tagesgeschäft erledigt hatte und nun heftig bemüht war, seinen Ausflug, diesen kurzen Urlaub von der alltäglichen Pflicht, mit einem kleinen Abenteuer zu krönen.

Harry kam an seinen Tisch. Er setzte sich nicht, sondern blieb vor ihm stehen, sich mit einer Hand am Tisch abstützend, und berichtete ihm, daß er dem Chef vorgeschlagen habe, Dallow als Pianist zu engagieren.
Dallow dankte Harry, lehnte jedoch das Angebot ab. »Ich spiele schon lange nicht mehr Klavier. Das ist vorbei«, sagte er. Und er schüttelte dann nur immer wieder den Kopf, als Harry ihn zu überreden suchte.
Dallow spürte, daß er langsam betrunken wurde, und rief den Kellner, um zu bezahlen. Er drehte sich nochmals zur Bar um. Der dicke Reisende redete jetzt auf das Barmädchen ein. Er hatte sie wohl zu einem Glas Sekt eingeladen, vermutete Dallow, als er sah, wie die beiden mit ihren Gläsern anstießen.
Als er aufstand, sah er Dr. Berger auf sich zukommen, seinen Richter. Dr. Berger begrüßte ihn freundlich und nannte dabei Dallows Namen. Er fragte, ob er sich einen Moment zu ihm setzen könnte. Dallow nickte schweigend, er spürte Übelkeit, sein Magen machte ihm zu schaffen, und er bemühte sich, nüchtern zu werden.
»Ich danke Ihnen«, sagte der Richter lächelnd.
Dallow überlegte, aber er verstand nicht, was der Mann von ihm wollte. So wartete er schweigend.
Der Richter lächelte unentwegt, was ihn nervös machte.
»Es war ein amüsanter Abend, gewiß«, sagte der Richter, »aber ich fürchte, Sie haben etwas noch immer nicht verstanden.«
Er machte eine bedeutsame Pause. Dallow schwieg finster und bemühte sich, den Sinn dieser Worte zu begreifen und die Übelkeit in seinem Magen zu unterdrücken.
»Sie haben nicht recht, auch nicht nachträglich«, sprach der Richter weiter, »Ihnen ist kein Unrecht widerfahren, wie Sie wohl jetzt vermuten. Die heutige Aufführung offenbart kein an Ihnen begangenes Unrecht. Das Recht ist etwas Lebendiges und entwickelt sich. Wie die Gesellschaft. Aus Unrecht kann niemals Recht werden. Unrecht bleibt immer Unrecht, doch

alles ist im Fluß, und man kann nicht zweimal in das gleiche Wasser steigen. Ihnen ist damals kein Unrecht widerfahren, mein lieber Herr Doktor Dallow. Und der heutige, übrigens wirklich amüsante Abend besagt nur, daß wir ein anderes Jahr schreiben. Der Fluß fließt, das werden Sie doch verstehen.«
Dallow stieß vernehmlich auf und fühlte sich augenblicklich erleichtert. Er glaubte nun, völlig nüchtern zu sein. Er steckte sich eine Zigarette an und beobachtete dabei seine Finger, die das Streichholz hielten. Sie zitterten, und die Hand schmerzte, und Dallow wußte, beides war nicht dem Alkohol geschuldet.
»Ich verstehe Sie nicht«, stieß er hervor. Er versuchte, gelangweilt zu wirken.
»Wie bitte?« fragte der Richter.
Dallow wiederholte: »Ich habe kein Wort verstanden. Ich verstehe überhaupt nicht, was Sie von mir wollen.«
»Verrennen Sie sich nicht in eine fixe Idee«, sagte Dr. Berger und lächelte selbstgefällig. »Sie hatten Unrecht und haben heute kein Recht bekommen.«
»Ich muß gehen«, sagte Dallow und stand auf, wobei er sich mit beiden Händen auf der Sessellehne abstützte. Als er stand, sah er seinen Verteidiger, der gleichfalls lächelnd auf ihn zukam. Kiewer begrüßte ihn und reichte ihm die Hand. Auch er bedankte sich bei Dallow und sagte, daß ihm der Abend gefallen habe.
»Ich habe mich sehr amüsiert«, sagte er, »ich habe wirklich viel gelacht.«
»Es war amüsant, gewiß«, stimmte der Richter ihm zu, »aber ich habe Doktor Dallow auch zu erklären versucht, daß die Aufführung nichts an der Entscheidung von damals verändert, weder juristisch, noch moralisch. Auch nicht politisch.«
»Natürlich nicht«, stimmte Kiewer dem Richter zu, »aber die Aufführung hatte dadurch natürlich ihren besonderen Reiz. Sie zeigte uns doch, daß wir ein ganzes Stück weitergekommen sind. Und überdies war's eine wirklich komische Nummer,

nicht wahr? Übrigens sehr gut gesungen.« Den letzte Satz sagte er sehr laut, da die Musiker wieder zu spielen begannen. Dallow legte eine Hand auf seinen Bauch und drückte leicht gegen den Magen, um die erneut einsetzende Übelkeit zu bekämpfen. Da auch Dr. Berger sich erhoben hatte, standen die drei Männer um den kleinen Tisch.
»Ich muß jetzt gehen«, wiederholte Dallow. Er hielt noch immer eine Hand auf dem Bauch.
»Alles Gute, Herr Doktor Dallow«, sagte Kiewer, »und nochmals vielen Dank für die Karten. Das war eine reizende Idee von Ihnen.«
Der Richter nickte gleichfalls freundlich und wohlwollend.
Dallow dachte darüber nach, was der Richter und der Verteidiger ihm eigentlich erzählt hatten. Schließlich fragte er: »Was für Karten?«
Er fragte es zögernd und unschlüssig. Er verstand nichts und fürchtete, sich verhört zu haben.
»Sie haben Dr. Berger und mir Theaterkarten zugeschickt, Sie und Ihre Freunde«, sagte Kiewer und fügte irritiert hinzu: »Haben Sie das denn vergessen?«
»Ich habe Ihnen keine Karten geschickt«, sagte Dallow.
»Aber gewiß doch«, unterbrach ihn der Richter. Er ließ sich in den Sessel fallen und wühlte in seinen Anzugtaschen. Auch Kiewer suchte die Taschen seines Jacketts ab, und, noch bevor Dr. Berger etwas gefunden hatte, holte er einen Brief hervor. Er zog ein maschinenbeschriebenes Blatt aus dem Umschlag, faltete es auf und las es.
»Doktor Dallow hat recht«, sagte er dann und reichte das Blatt dem Richter, »seine Unterschrift fehlt.«
Auch der Richter sah sich das Schreiben an und gab es dann Kiewer zurück. Er entschuldigte sich bei Dallow für sein Versehen, stand auf und verabschiedete sich sehr förmlich.
Als auch Kiewer sich verabschieden wollte, fragte ihn Dallow: »Was ist das für ein Brief?«

Er wartete keine Antwort ab, sondern nahm dem Verteidiger das Blatt aus der Hand und setzte sich, um es zu lesen.
Es waren nur wenige Zeilen, die Kiewer einluden, eine Veranstaltung des Kabaretts im Thomaskirchhof zu besuchen. Unterschrieben war der Brief von fünf Personen. Dallow entzifferte die Namen seiner Mithäftlinge, die Namen der fünf Personen, die damals das Studentenkabarett bildeten.
»Eine Karte lag dem Brief bei«, sagte Kiewer und setzte sich gleichfalls.
»Und weiter?« erkundigte sich Dallow, und seine Stimme klang heiser.
Kiewer lachte. »Es war Ihre alte Nummer. Der Text, für den Sie damals alle in den Bau gingen.«
Er beugte sich vor und sagte etwas leiser: »Doktor Berger fand es nicht komisch, er war empört. Aber ich habe sehr gelacht, wirklich.«
Dallow hatte Mühe, ihn zu verstehen. »Man spielt dort . . .«, sagte er sehr langsam.
Kiewer unterbrach ihn. »Jaja, das alte Lied. Ich habe es natürlich gleich erkannt, Doktor Berger selbstverständlich auch. Ihre Freunde saßen alle in derselben Reihe wie wir. Und die hatten auch ihren Spaß, das war zu sehen. Wieso waren Sie eigentlich nicht da?«
»Ich war nur der Pianist«, sagte Dallow. Dann rief er den Kellner und bestellte noch einen Wodka. Er lud Kiewer zu einem Glas ein, aber der lehnte ab, da er bereits von Dr. Berger erwartet werde.
»Ich war nur der Tangospieler«, sagte Dallow, den Anwalt mit getrübten Augen anstarrend, »jetzt haben Sie den Beweis, daß ich zu Unrecht verurteilt wurde. Mit dem Brief in Ihrer Hand sollten Sie den Prozeß wiederaufnehmen. Ich war nur der Tangospieler.«
Kiewer wartete, bis der Kellner den Tisch verlassen hatte. »Mit der heutigen Aufführung«, sagte er dann, »könnten wir natür-

lich versuchen, den ganzen Prozeß wiederaufzunehmen. Aber, von rechtlichen Problemen abgesehen, wem wird damit geholfen? Wollen Sie das wirklich?«
»Mir!« rief Dallow laut. »Mir wird geholfen! Ich war nur der Tangospieler.«
Er trank den Schnaps aus und wartete darauf, daß sich sein Magen beruhigte. Dann tippte er auf den Brief, den Kiewer noch immer in der Hand hielt, und sagte leise, aber mit der störrischen, unbelehrbaren Haltung eines Betrunkenen: »Da ist der Beweis, Herr Verteidiger. Man hat mich nicht einmal eingeladen. Ich war nur der Tangospieler.«
Kiewer stand auf. Dallow schlug mit dem Finger immer wieder auf den Briefumschlag ein und sagte nochmals: Das ist der Beweis. Ich war nur der Tangospieler.«
Kiewer sagte angeekelt: »Sie sind ja besoffen, Mann.« Er drehte sich um und ging zu dem Tisch, an dem Dr. Berger auf ihn wartete.
Dallow sah ihm mit offenen Mund nach. Mit den schweren Gesten eines Betrunkenen schob er das Glas zurück und versuchte aufzustehen. Er fiel zweimal in den Sessel zurück und grunzte Unverständliches. Harry kam an den Tisch.
»Komm, mein Gutster«, sagte er. Er half ihm hoch und brachte ihn zur Garderobe.
»Hast du alles bezahlt?« erkundigte er sich.
Dallow schüttelte den Kopf. »Ich weiß es nicht.«
»Ich kümmere mich darum«, versprach Harry und half ihm, den Mantel zuzuknöpfen.
»Schlaf dich aus«, sagte er, als er ihn zur Tür brachte, sie öffnete und Dallow mit einem freundlichen Schlag auf den Rücken hinausließ.
Am anderen Morgen erinnerte sich Dallow nur langsam und ungern des vergangenen Abends. Er dachte daran, Harry anzurufen, um sich nach dem Vorgefallenen zu erkundigen, verwarf den Gedanken aber, da er das mit der Frage verbundene

Eingeständnis scheute. Ihm war es unangenehm, sich nicht erinnern zu können. Es kränkte ihn, da es ihn hilflos machte. Das Haus schien ihm ungewöhnlich laut. Er sah auf die Uhr, es war acht. Dann lauschte er wieder auf die Geräusche im Haus, das Schlagen von Türen, das Schließen von Schlössern, die Tritte auf der Treppe. Für Minuten blieb er noch liegen und dachte wieder darüber nach, welche Arbeit er machen könnte, wo er sich bewerben sollte. Unschlüssig stand er schließlich auf und ging ins Bad.

Als er eine Stunde später das Haus verließ, bemerkte er, daß eine Zeitung in seinem Briefkasten steckte. Er zog sie heraus und steckte sie rasch in die Innentasche seines Mantels. Er vermutete, sie sei irrtümlich in seinen Kasten gesteckt worden und gehöre einem der Nachbarn. Auf dem Weg zur Garage erinnerte er sich, eine Zeitung abonniert zu haben. Vor der Garagentür zog er das Blatt aus dem Mantel und schlug es auf. Es war, wie er sah, Mittwoch, der erste Mai, und die Titelseite war mit großen roten und schwarzen Lettern bedeckt und symbolischen Darstellungen roter Nelken. Dallow steckte die Zeitung weg und öffnete die Garagentür. Er hatte an diesen Feiertag nicht gedacht und nicht eingekauft, und er überlegte, was an Essen im Haus war. Dann fuhr er in die Stadt.

Das Zentrum war für den Autoverkehr weiträumig gesperrt. Dallow wich östlich aus, fuhr an den Universitätskliniken vorbei und dem Alten Johannisfriedhof und am Marienplatz wieder in Richtung Stadtzentrum. In der Karlstraße parkte er das Auto und versuchte sich zu orientieren. Er suchte das Haus von Ulrich Klufmann, der bis vor zwei Jahren der Leiter und wichtigste Autor des Studentenkabaretts gewesen war. Er hatte ihn damals zwei-, dreimal besucht und erinnerte sich, daß er in einer häßlichen und erstaunlich großen Wohnung in einem überaus baufälligen Haus lebte. Jetzt hatte er Mühe, das Haus wiederzuerkennen, denn in dieser Gegend wirkten alle Häuser baufällig. Er ging in ein freistehendes Haus. Im Erdgeschoß war die rechte Eingangstür vernagelt, links sah er ein Namensschild. Dallow schaltete die Treppenbeleuchtung ein und blickte sich dann vergeblich nach Briefkästen um. Er stieg die Treppe hoch. Die Wohnungen im ersten Stock waren unbewohnt. Eine Wohnungstür war verschlossen, aber so zerstört, daß Dallow in die ausgeräumten verdreckten Zimmer blicken konnte. Die andere Wohnungstür öffnete Dallow, nachdem er zuvor dagegen geklopft hatte. Erschrocken trat er einen Schritt zurück, unmittelbar hinter der Tür fehlte die Dielung, zwischen den tragenden Balken lagen Steine, Schutt und Abfall. Dallow ging eine Treppe höher, er hielt sich am Treppengeländer fest, weil die einzelnen Stufen der Treppe sich bewegten, wenn er sie betrat. Er hörte Musik und sah Namensschilder an beiden Türen. An der linken Tür fand er den gesuchten Namen Klufmann. Er sah sich nach einer Klingel um und klopfte dann laut gegen die Tür, um die Musik zu übertönen.

Ulrich Klufmann öffnete ihm. Er trug einen Bademantel, aus dessen Tasche er eine Brille hervorholte und sich aufsetzte.

»Dallow«, sagte er überrascht, »komm rein.«

Er lief vor Dallow her durch den Flur und ein unaufgeräumtes Wohnzimmer mit herabgelassenen Jalousien und führte ihn ins Eßzimmer. An dem runden Tisch saß ein Mädchen in einem Trenchcoat, ihre Füße lagen auf den Porzellanrippen eines Heizgerätes.

»Frühstückst du mit uns?« fragte Klufmann und sagte dann: »Das ist Theresa, meine kleine Theresa. Und das ist Hans-Peter Dallow, ein guter Freund.«

Dallow nickte Theresa zu, die ihn anlächelte. Er betrachtete das Zimmer, es war vollständig in Weiß gehalten und sehr sparsam und gediegen weiß möbliert. Jetzt erinnerte sich Dallow wieder deutlich an diese Wohnung, an jene sechs oder sieben Zimmer, die eine fensterlose Küche umschlossen und die Klufmann für zehn Mark gemietet hatte, weil das Haus seit Jahren auf der Abrißliste stand und offiziell keine der Wohnungen mehr ver-

mietet werden durfte. Klufmann hatte dem Besitzer einen Mietvertrag abgeschwatzt und die große Wohnung mit kostbaren Stilmöbeln eingerichtet, die er gemeinsam mit einem Kommilitonen während seiner Studienzeit bei alten Witwen für wenig Geld gekauft hatte. Dallow erinnerte sich, die beiden hatten einen Fünf-Mark-Club gegründet, dessen Satzung ausschließlich darin bestand, für keine der Antiquitäten mehr als fünf Mark auszugeben, gleichgültig, wie wertvoll das einzelne Stück tatsächlich war. Und mit Überredungskunst, Charme, mit wehleidigen Klagen, Gerüchten und gelegentlich sogar mit Drohungen brachten sie die alten Leute dazu, ihnen das Mobiliar für ein paar Mark zu überlassen.
»Mach uns noch etwas Kaffee«, sagte Klufmann zu dem Mädchen. Er sah ihr nach, als sie in die Küche ging.
»Sie ist fabelhaft«, sagte er zu Dallow, »sie macht alles, wovon ich zwei Jahre lang geträumt habe.«
Das Mädchen lachte auf, sah zu Dallow und wackelte, bevor sie in der Küche verschwand, mit dem Hintern.
»Sie ist wirklich gut«, sagte Klufmann nochmals.
»Willst du etwas essen?« fragte er dann, und, ohne Dallows Antwort abzuwarten, erkundigte er sich: »Wie ist es dir ergangen? Ich habe schon gehört, daß du auch aus dem Loch bist. Ein hübsches Gefühl, nicht.«
Dallow nickte nur. »Ich habe noch keine Arbeit«, sagte er schließlich.
»Wo ist das Problem? Willst du, daß ich dich irgendwo unterbringe? Wenig Arbeit, viel Geld?«
»Und was machst du?« sagte Dallow, ohne auf Klufmanns Frage einzugehen.
»Ich bin Schriftsteller geworden«, sagte Klufmann und kicherte. »Ich schreibe Texte für Kabaretts. Freifester Autor, wenn dir das was sagt, eine monatliche Pauschale, die verrechnet wird. Ich habe ein wenig auf den Knast verwiesen, das hat geholfen. Irgendwie haben sie alle ein schlechtes Gewissen,

fühlen sich verpflichtet zu helfen, na, du weißt schon. Und mir hat's einen glänzenden Vertrag eingebracht.«
Theresa kam ins Zimmer, nahm die Kaffeekanne und goß den Rest in Klufmanns Tasse. Der Trenchcoat war ihr zu groß, sie hatte ihn mit dem Gürtel geknotet und zurückgeschlagen. Der obere Teil des Mantels bauschte sich und gab einen Teil ihrer Brust frei. Dallow starrte sie an und wurde rot, als er sah, daß Klufmann es bemerkte. Klufmann lächelte ihn verständnisvoll an und faßte dabei derb nach ihrem Hintern. Theresa goß ihm die letzten Tropfen aus der Kanne auf den Kopf und rannte vergnügt in die Küche.
»Ein paar Texte sind bereits verkauft, neue und alte. Und soll ich dir sagen, welches der erste Text war, der über die Bretter ging?«
»Nein«, sagte Dallow, »ich weiß es. Ein alter, trauriger Tango.«
»Hat es sich herumgesprochen, wie? Das war ein Spaß. Für die dritte Vorstellung habe ich unseren Richter und den Verteidiger von damals eingeladen. Wir waren alle dabei, das gesamte alte Studentenkabarett. War ein Vergnügen. Und der Richter hat gezischt. Ich hatte ihn genau vor mich gesetzt, er war blaß vor Wut und hat gezischt.«
»Du irrst dich, alle waren nicht dabei«, sagte Dallow sehr leise.
Klufmann stockte und begriff augenblicklich. Er schlug sich mit der Hand gegen die Stirn und verzog schmerzlich das Gesicht.
»Entschuldige«, sagte er, »das war dumm von uns. Wir haben vergessen, dich einzuladen. Aber ich besorge dir eine Freikarte, das verspreche ich dir. Sag mir nur, wann du gehen willst, ich laß dir eine Karte zurücklegen. Oder zwei. Es ist wirklich dumm, aber wir haben es einfach vergessen. Es war keine böse Absicht, Peter.«
»Ich war nur der Pianist.«
»Sei nicht beleidigt, Dallow. Wir haben es vergessen. Schließ-

lich warst du lediglich der Ersatzmann. Du weißt ja, Kreie fiel aus, hatte das Glück, operiert zu werden. Du bist nur eingesprungen, deshalb haben wir an dich nicht gedacht. Es tut mir leid, Peter. Entschuldige. Aber es war ein Versehen und ist kein Verbrechen.«

»Das Gericht hat das anders gesehen, Klufmann. Ich habe die volle Zeit abgesessen. Ich war nicht einen Tag weniger im Knast als ihr. Der Richter jedenfalls hatte mich nicht vergessen.«

Theresa kam mit der Kaffeekanne und einer Tasse ins Zimmer. Klufmann nahm ihr die Tasse aus der Hand, stellte sie vor Dallow auf den Tisch, ließ sich dann von dem Mädchen die Kanne reichen und goß ein.

»Entschuldige nochmals«, sagte er versöhnlich, »es tut mir wirklich leid. Aber ich war bis zum Schluß so aufgeregt, ob der Text auch durchgehen wird, da habe ich einfach übersehen, dich einzuladen.«

»Sie waren auch im Gefängnis?« fragte das Mädchen und setzte sich neben ihn.

»Ich war nur der Tangospieler«, erwiderte Dallow freundlich. Dann ließ er sich von ihr Sahne und Zucker reichen und beschäftigte sich intensiv mit seinem Kaffee. Er bemerkte, wie Klufmann und das Mädchen sich mit Blicken verständigten.

»Und was macht dein Studentenkabarett?« fragte er in die entstandene Stille hinein.

Klufmann, erleichtert, daß Dallow das Thema wechselte, lachte auf. »Ach Gott, das ist endgültig vorbei. Ich bin sechsundzwanzig, ich bin zu alt, um für naß zu arbeiten. Jetzt will ich die Rubelchen sehen. Das Studium mußte ich abbrechen, da muß ich mich umschauen, wie ich zurechtkomme. Keine Zeit mehr für Spielereien. Irgendwann muß man aus den Kinderschuhen raus. Ich will mir ab und zu eine gute Flasche Cognac kaufen, das ist ja nicht zuviel verlangt.«

Dallow hörte ihm schweigend zu.

»Und was machen Sie?« fragte er das Mädchen.
Sie kicherte grundlos und sah Klufmann an.
»Sie will studieren«, erwiderte er, »und so lange bleibt sie bei mir. Ich bereite sie auf das Studium vor.«
Klufmann und Theresa lachten laut auf. Das Mädchen legte beide Hände auf ihren Halsansatz, um sich zu beruhigen. Doch sie lachte kreischend weiter, bekam einen Schluckauf und lief aus dem Zimmer.
»Entschuldige«, sagte Klufmann, darum bemüht, sein glucksendes Lachen zu unterdrücken. Er wischte sich die Augen und atmete tief durch. Dann nahm er die Kanne und bot Dallow Kaffee an. Dallow lehnte ab. Er trank die Tasse aus und erhob sich, um zu gehen.
»Schön hast du's hier«, sagte er anerkennend.
Klufmann nickte. Und bedauernd sagte er: »Irgendwann reißen sie die Bruchbude ab. So eine große Wohnung werde ich nie wieder bekommen. Und wohin dann mit meinen Möbeln. Da braucht's ein paar Zimmer, das ist alles kein Scheiß. Na, hoffentlich habe ich bis dahin die richtigen Leute kennengelernt. Du weißt ja, nichts geht über persönliche Kontakte.«
Er bemerkte Dallows abschätzigen Blick und schüttelte den Kopf.
»Nein, nein, mein Lieber, ich habe ein Recht darauf. Ich habe einiges nachzuholen, zwei sehr lange und sehr einsame Jahre. Und die werde ich mir zurückholen, verlaß dich darauf.«
»Es ist wirklich ein hübsches Mädchen«, erwiderte Dallow lediglich und blickte zu der Tür, hinter der Klufmanns Freundin verschwunden war.
Klufmann betrachtete ihn mit zusammengekniffenen Augen.
»Ich hoffe«, sagte er, »du hast für dich auch etwas gefunden.«
Dallow nickte.
Beim Verabschieden fragte Klufmann nochmals, ob er sich für Dallow nach einer Arbeit umsehen solle. Dallow lehnte das Angebot ab. Es war ihm unangenehm, daß dieser zehn Jahre

jüngere Mann ihm eine Arbeitsstelle besorgen wollte, ein Mann, der vor zwei Jahren noch in seinem Seminar saß, von ihm unterrichtet wurde und abhängig war. Es war ihm unangenehm, obgleich er wußte, daß ein Mann wie Klufmann sein Problem schnell und leicht lösen könnte, daß das, woran er selbst mehrfach und nun nahezu aussichtslos gescheitert war, für Klufmann nicht einmal ein Problem war. Aber das fatale Unbehagen überwog, und Dallow war erleichtert, als er sich sagen hörte: »Danke. Aber das ist unmöglich.«
Und er fügte, als er den verständnislosen Blick Klufmanns bemerkte, hinzu: »Du hast mir schon einmal Arbeit verschafft. Ich ziehe es vor, mich selbst darum zu kümmern.«
Als er die Treppe hinabstieg und sich der nachgebenden Stufen wegen am Geländer festhielt, hörte er Klufmann sagen: »Gib mir Bescheid, wenn du die Karten brauchst. Ich besorg sie dir.«
Dallow ging weiter hinab, ohne zu antworten.
Er setzte sich in sein Auto und lachte bitter. Er lachte über sich selbst. Dann startete er den Wagen.
Wenige Minuten später hielt er vor Elkes Haus. Als sie nicht öffnete, setzte er sich in eine Gaststätte auf der anderen Straßenseite, trank ein Bier und wartete. Der Gastraum füllte sich langsam mit Männern, die von der Maidemonstration zurückkamen und nun den Feiertag nutzten, um sich bereits mittags in die Kneipe zu setzen. Es wurde schnell laut, Zigarettenqualm zog sich um die Deckenleuchten. Die Tische blieben leer, die Männer umstanden die Theke. Lediglich Dallow saß an einem Tische und beobachtete die Straße. Als er sich das zweite Bier holte, sah er Elke mit ihrem Kind auf dem anderen Bürgersteig. Langsam trank er das Bier aus und ging zur Theke, um zu bezahlen. Der Budiker spülte Gläser, ohne ihn zu beachten. Die Männer die ihm den Rücken zuwandten, diskutierten laut, befeuert von Bier und Schnaps. Ein junger, rothaariger Arbeiter sprach erregt über Prag und Dubček. Der Budiker langte über die Theke, nahm ihm das halbleere Bierglas aus der Hand

und sagte, jedes Wort betonend: »In meiner Kneipe gibt's Bier und Schnaps und Bockwurst, und keine Politik. Und dabei wollen wir's lassen.«
Er warf einen bedeutungsvollen Blick auf Dallow. Die Männer verstummten und sahen gleichfalls zu ihm. Dann kam der Budiker zu ihm herüber, nahm schweigend das Geld von der Theke und legte ohne ein Dankeswort das Wechselgeld vor ihn hin. Dallow verließ die Kneipe und bemühte sich, langsam und natürlich zu gehen.
Er aß mit Elke und der kleinen Cornelia zu Mittag und ging dann mit ihnen in den Zoologischen Garten. Das Mädchen weigerte sich, an seiner Hand zu gehen, und beobachtete aufmerksam und mit ernstem Gesicht Dallow, wenn er mit ihr sprach oder nach ihrer Hand griff. Er versuchte, mit ihr zu spielen und sie zum Lachen zu bringen, aber das Kind blieb stumm und unnahbar für ihn. Dallow respektierte die Zurückhaltung des Kindes, sie gefiel ihm, obgleich sie ihn ärgerte.
»Gib dir keine Mühe«, sagte Elke, »sie ist es gewohnt, nur mit mir zu leben. Es wird Zeit brauchen.«
Dallow berührte mit den Fingerspitzen das Haar des Kindes und erwiderte: »Das fürchte ich auch.«
Und da er Elkes verwunderten Blick bemerkte, ergänzte er: »Ich fürchte, die Zeit wird auch ihr den Stolz austreiben.«
Elke lachte ihn aus, nahm ihr Kind an der Hand und rannte mit ihm los. Dallow folgte den beiden langsam und mit dem glücklichen Lächeln eines mit sich zufriedenen Familienvaters.
Am Abend bot er Elke an, in seine Wohnung zu ziehen, die ein Zimmer mehr besaß und komfortabler als ihre war. Der Vorschlag verwirrte sie. Sie verstand, was er ihr damit sagen wollte, und nestelte plötzlich nervös am Ärmel ihrer Bluse.
»Wir wollen nichts überstürzen«, sagte sie schließlich und sah ihn mit einem kindlichen Lächeln an. »Ich habe erfahren, wie schwer es ist, miteinander zu leben. Handeln wir, als seien wir erwachsene Leute.«

Sie zog mehrmals die gekrausten Manschetten der Bluse über ihre Handgelenke und wartete auf seine Antwort, ohne den Blick von ihren Händen zu lassen. Dallow war verwundert. Sein Angebot war impulsiv erfolgt, und er war von der eigenen Großherzigkeit so gerührt, daß ihn die unmittelbar darauf erfolgte Zurückweisung bestürzte.
»Ich werde alt«, stellte er bedauernd fest, »ich erinnere mich bereits an Zeiten, in denen ich noch eine andere Antwort erwarten durfte.«
»Die Erinnerungen sind das Schönste an der Liebe«, bemerkte Elke. Sie stand auf und bat Dallow, sich in die Küche zu setzen, da sie die Kleine ins Bett bringen wollte.
»Sag ihm gute Nacht«, sagte sie zu dem Kind, als Dallow aufstand, um das Zimmer zu verlassen. Die Kleine drängte sich an die Mutter, dann lief sie unvermittelt zu Dallow und küßte dem überraschten Mann wortlos die Wange, um dann rasch zu ihrer Mutter zu laufen und nach ihrer Hand zu greifen. Dallow war ebenso verlegen wie das Kind. Er öffnete die Zimmertür, wandte sich dann zu Elke und sagte mit leisem, aber unüberhörbaren Triumph in der Stimme: »Ich glaube, du solltest es dir überlegen.«
»Werd bitte nicht sentimental«, erwiderte sie, »Cornelia ist lediglich todmüde. Sie gehört ins Bett.«

Vierzehn Tage später erschienen Schulze und Müller bei ihm. Ihr Klingeln an der Wohnungstür holte ihn aus dem Bett. Als er die Wohnungstür öffnete und sie stehen sah, warf er die Tür im gleichen Moment ins Schloß, aber nur, um sie sofort wieder zu öffnen. »Kommen Sie rein«, sagte er erschöpft.
Er sah die überraschten Gesichter der beiden Männer, dann ging er ins Wohnzimmer voraus und machte es sich in einem Sessel bequem. Er zog die nackten Füße unter den Bademantel, steckte sich eine Zigarette an und wartete, bis die beiden Männer, die er nicht dazu aufforderte, Platz genommen hatten.
»Sie haben mich aus dem Bett geholt«, sagte er verstimmt.
»Es ist zehn Uhr«, erwiderte Herr Müller.
Dallow sah ihn verständnislos an. »Wie Sie wissen, arbeite ich nicht«, sagte er, »also kann ich auch um zehn schlafen.«
Herr Schulze lachte verständnisvoll und nickte Dallow beifällig zu. Er knöpfte im Sitzen seinen Mantel auf und holte aus der Jackettasche Zigaretten und ein Feuerzeug.
»Darf ich?« fragte er Dallow, der gelangweilt nickte.
Schulze zündete sich eine Zigarette an, wobei er das Zimmer begutachtete. Dann sah er zu Dallow, der ihn schweigend und feindselig musterte.
»Sie sind seit einem Vierteljahr aus dem Strafvollzug entlassen, Herr Doktor Dallow«, sagte er schließlich. »Wollen Sie nicht eine Arbeit aufnehmen? Das ist nicht ihre Privatangelegenheit, lieber Herr Doktor Dallow. Wie Sie wissen, verstoßen Sie damit gegen Moral und Normen unseres gesellschaftlichen Lebens. Es gibt dafür sehr häßliche Worte.«
»Arbeitsscheu? Asozial?« erkundigte sich Dallow zuvorkommend.

Schulze nickte und sagte: »Ich biete Ihnen nochmals unsere Hilfe an.«
Dallow war es kalt. Er wickelte sich fester in den Bademantel und zog ihn über seinen Füßen zurecht. Dann gähnte er laut und ausführlich.
»Unterlassen Sie solche Anträge«, sagte er dann, »sie sind für mich kränkend.«
Er nahm den Aschenbecher, drückte umständlich seine Zigarette aus und sagte: »Wie Sie vermutlich wissen, habe ich mich um Arbeit bemüht. Seltsamerweise vergeblich. Wo immer ich erschien, gab es plötzlich keinen Bedarf an Arbeitskräften. Ich habe Sie in meine Wohnung nur hereingelassen, weil ich von Ihnen den Grund erfahren möchte.«
»Sie vermuten, daß wir dahinter stecken?«
»Ja.«
Schulze lehnte sich zurück und betrachtete seine Fingernägel. »Sie irren sich. Wieso sollten wir damit irgend etwas zu tun haben? Wie kommen Sie nur darauf?«
Dallow verzog sein Gesicht. »Und wieso werde ich überall abgewiesen?«
»Ich weiß es nicht. Wo haben Sie sich beworben?«
»Überall«, antwortete Dallow unzufrieden, »überall, wo man einen Kraftfahrer suchte.«
»Als Kraftfahrer?« fragte Müller verwundert. Und als ob er seiner Frage Nachdruck verleihen wollte, rutschte er auf die Sesselkante vor. Dallow beachtete ihn nicht.
»Ich verstehe«, sagte Schulze. »Ich verstehe, weshalb man Sie nirgends haben wollte. Für einen Kraftfahrer sind Sie überqualifiziert. Warum soll ein Betrieb einen Wissenschaftler als Kraftfahrer einstellen? Man will keinen Ärger haben. Und wenn ein promovierter Historiker als Kraftfahrer arbeiten will, riecht das förmlich nach Ärger. Da haben Sie den Grund, nach dem Sie fragten. Die Betriebe haben mit Leuten wie Ihnen ihre eigenen Erfahrungen gemacht. Entweder schmeißen sie die

Arbeit bald wieder hin oder diskutieren, statt zu arbeiten. Und wer holt sich gern Ärger ins Haus?«
Dallow hörte ihm aufmerksam zu. Die Erklärung leuchtete ihm ein, und er bedauerte jetzt, die beiden Männer danach gefragt und sie überhaupt in die Wohnung gelassen zu haben.
»Und Sie, wozu benötigen Sie mich?«
»Sie sind Historiker, Sie kennen die tschechische und slowakische Geschichte. Sie sind für uns von Interesse, gerade in dieser Zeit.«
Dallow unterbrach ihn. »Ich beschäftige mich mit dem 19. Jahrhundert. Die Gegenwart hat mich nie interessiert. Und Politiker fanden meine Aufmerksamkeit erst, wenn sie vermodert waren. Sie sind dann wesentlich aufrichtiger.«
Schulze lächelte. »Geben Sie sich keine Mühe«, sagte Dallow grob, »was da in Prag passiert, kümmert mich so viel.« Er schnipste mit den Fingern. »Und außerdem arbeite ich nicht mehr als Historiker. Schon lange nicht mehr. Zuletzt war ich Tangospieler, und im Knast arbeitete ich in der Wäscherei. Da juckt einen so etwas nicht weiter.«
»Vielleicht können wir Ihnen helfen«, sagte Herr Schulze.
»Ja«, sagte Dallow und sah ihm in die Augen, »verraten Sie mir, was ich tun muß, um Sie nie wieder sehen zu müssen.«
Freundlich und mit ruhiger Stimme sagte Schulze: »Nichts. Wenn Sie es wünschen, haben wir uns heute das letzte Mal gesehen. Ich wollte Ihnen behilflich sein, nicht mehr. Sie haben meine Telefonnummer. Auf Wiedersehen.«
Er stand auf, warf einen kurzen, mahnenden Blick zu seinem Kollegen, dann gingen beide aus dem Zimmer und der Wohnung, ohne daß Dallow aufgestanden war oder auch nur die Zeit fand, ihm zu antworten.
Für einen Moment bedrückte ihn der Gedanke, ungerecht gewesen zu sein oder gar hysterisch. Aber dann schüttelte er sich kurz und ging fluchend ins Badezimmer, um sich zu rasieren und zu waschen.

Am Donnerstag fuhr er zu Harrys Café. Er parkte den Wagen in der benachbarten Querstraße, unmittelbar an der Straßenecke. Er schaltete den Motor und die Scheinwerfer aus, und als er aussteigen wollte, sah er Kiewer und Dr. Berger aus dem Café treten. Er wollte ihnen nicht begegnen und blieb deshalb im Wagen sitzen. Er beobachtete, wie sie sich unterhielten und zweimal voneinander verabschiedeten, jedenfalls reichten sie sich zweimal die Hand. Dann holte der Verteidiger etwas aus seiner Manteltasche und übergab es dem Richter. Andere Gäste kamen aus dem Café, die beiden mußten einige Schritte zur Seite treten, um den Ausgang freizugeben. Sie sprachen lebhaft miteinander, und Dallow bedauerte, nicht gleich aus dem Auto gestiegen und an ihnen vorbei ins Café gegangen zu sein. Jetzt auszusteigen erschien ihm zu spät und zu seltsam. Er zündete sich eine Zigarette an. Als er wieder zu ihnen sah, gaben sie sich ein drittes Mal die Hand. Dann kam der Richter direkt auf seinen Wagen zu. Dallow drehte den Kopf weg und barg die Zigarette in der hohlen Hand. Der Richter ging an seinem Wagen entlang und betrat den Bürgersteig. Dallow fiel jetzt der eigentümliche Gang des Mannes auf, er schritt ungleichmäßig, mit dem rechten Bein machte er stets einen etwas größeren Schritt als mit dem linken. Dallow war an die Bewegungen eines Volkstanzes erinnert und starrte ihm belustigt nach. Dann stieg er aus dem Auto, warf die Zigarette auf die Straße, trat sie aus und verschloß den Wagen. Er sah zu dem sich entfernenden Richter, dann zu der Leuchtschrift des Cafés und wieder zu dem Richter, der in den Alten Amtshof einbog. Plötzlich knöpfte Dallow rasch seinen Mantel zu und eilte ihm nach. Der Entschluß überraschte ihn selbst. Als er die nächste Straßenecke erreichte, war der Richter verschwunden. Dallow rannte die wenigen Meter bis zur Straßengabelung mitten auf dem Fahrweg entlang. Weit hinter sich hörte er eine Straßenbahn. Er vermutete, der Richter sei in eins der Häuser gegangen, aber an der Gabelung sah er ihn wieder. Dr. Berger lief die

Moritzstraße entlang und auf den Johannapark zu. Dallow folgte ihm langsamer. Er versuchte herauszubekommen, weshalb er hinter ihm hergegangen war. Am Park war er auf wenige Schritte an ihn herangekommen. Der Richter ging über ein Wiesenstück, um auf einen asphaltierten kleinen Weg zu gelangen, der zwischen den Bäumen und Wiesen hindurchführte. Er wandte sich kurz um, er mußte Dallows Schritte gehört haben, lief aber weiter. Dallow hatte den Eindruck, daß er seinen Schritt leicht beschleunigte. Plötzlich blieb der Richter stehen, um ihn vorbeizulassen, aber auch Dallow blieb stehen.
»Wollen Sie etwas von mir?« fragte der Richter. Er nahm seine dünne Aktentasche hoch und drückte sie mit beiden Händen an den Körper.
»Guten Abend, Herr Doktor Berger«, sagte Dallow.
»Wer sind Sie?« Die Stimme des Richters klang jetzt verändert, er schien aufgeregt zu sein. Er nahm die rechte Hand von der Aktentasche und holte aus dem Mantel eine Brille hervor, die er sich aufsetzte.
»Mein Name ist Dallow. Wir kennen uns.«
Der Richter war erleichtert. Er nickte mehrfach, begrüßte ihn und wollte dann seinen Weg fortsetzen. Dallow lief neben ihm her, ohne zu wissen, was er von dem Richter wollte.
»Wollen Sie mich sprechen?«
Dallow nickte. Dann faßte er Dr. Berger am Arm und sagte: »Setzen wir uns einen Moment.«
Er führte den überraschten, sich leicht sträubenden Mann zu einer Bank direkt unter einer der Parklaternen und nötigte ihn, sich mit ihm hinzusetzen. Den Arm des Richters hielt er noch immer fest umklammert.
»Ja, bitte«, sagte der Richter spitz.
Er versuchte, Abstand von Dallow zu halten, und zuckte nervös mit dem Arm, den Dallow umklammert hatte.
»Lassen Sie mich endlich los«, fauchte er schließlich und be-

freite mit einer heftigen Bewegung den Arm. Er sah Dallow verärgert an.
»Wieso haben Sie mich ›Im Namen des Volkes‹ verurteilt?« fragte Dallow.
Er sprach ruhig und sah den Richter dabei an. Er bemerkte, daß dessen Augen sich bewegten und dann leicht schlossen, und er wußte, daß der Richter ihn nun für wahnsinnig hielt, für aggressiv, für gefährlich. Dallow redete schnell weiter, um den Richter nicht zu beunruhigen.
»Warum haben Sie mich nicht in Ihrem Namen verurteilt, Herr Doktor Berger? Oder in Namen der Justiz oder des Staates. Wieso ausgerechnet im Namen des Volkes? Dazu hatten Sie kein Recht. Sie haben das Volk nicht befragt.«
Der Richter lächelte beruhigend und legte vorsichtig eine Hand auf Dallows Arm. »Es ist besser, Sie gehen jetzt nach Hause. Wir sprechen ein andermal darüber, einverstanden.«
Er wollte aufstehen, aber Dallow legte einen Arm über seine Schulter und nötigte ihn damit, sitzen zu bleiben.
»Wollen Sie mich mit Gewalt hier festhalten?« fragte der Richter.
Dallow antwortete ihm nicht. Verwirrt und unschlüssig drückte er seine Finger an Bergers Hals. Der Richter rang plötzlich nach Luft, seine Augen blickten starr ins Leere. Die Parklaterne neben der Bank wurde von einem Windstoß bewegt und knirschte metallen. Mit einem lauten, saugenden Geräusch holte der Richter Luft. Dieses gierige Jaulen erschreckte Dallow mehr als die aufgerissenen Augen des Mannes. Er ließ ihn rasch los und rückte auf der Bank einige Zentimeter von ihm weg. Er sah reglos zu, als der Richter erschöpft und wie ein sehr alter Mann in sich zusammengesunken dasaß und versuchte, zu Atem zu kommen.
»Sie sind wahnsinnig«, sagte der Richter, ohne Dallow anzusehen. Er stand auf. »Sie sind wahnsinnig, Dallow.«
Dallow blieb auf der Bank sitzen, er hörte die Schritte des sich

entfernenden Mannes und spürte die Kälte des Maiabends in seinen Körper dringen.
»Alles, was ich wollte, war eine Antwort«, sagte er laut in die Dunkelheit.
Unzufrieden mit sich stand er auf und lief den Weg zurück. Er ging ins Café, setzte sich an die Bar, bestellte ein Bier und versuchte, jeden Gedanken an den ihm peinlichen Vorfall im Park zu vergessen.

Seit einigen Wochen fiel es ihm schwer, sich morgens aus dem Bett zu erheben. Fast jeden Tag blieb er bis zum Mittag liegen. Er schlief nicht, er las nicht, er konnte seine Gedanken nicht konzentrieren und verbrachte die Stunden mit fruchtlosem Grübeln. Immer wieder dachte er an das Gefängnis, erinnerte sich an die Geräusche der zuschlagenden Türen, die kurzen, lauten Befehle, den Geruch der Zelle. Er zwang sich, an Elke zu denken. Er fürchtete Entscheidungen, er wollte sich nicht festlegen, er wollte nicht über irgendeine Zukunft nachdenken. Und ebenso fürchtete er, daß ihr Verhältnis durch Gewohnheit endgültig werden könnte, eine feste Größe, über die es nichts mehr zu entscheiden gab. Er dachte an Klufmann, der mit einem zwanzigjährigen Mädchen zusammenlebte. Irgend etwas in dieser Art hatte er sich für sich selbst auch vorgestellt, ein kleines, problemloses Verhältnis, anregend und amüsant, das eines Tages natürlich und tränenlos enden würde. Dallow haßte Komplikationen. Ein Verhältnis zu einem Mädchen sollte ohne lange Erklärungen und ständige, sich wiederholende Beteuerungen auskommen, doch eben auf diese endlos rotierenden Gespräche wollte nach Dallows Erfahrungen keine Frau verzichten. Auch Elke nicht. Ein kleines Mädchen wie Klufmanns Freundin wäre für ihn angebrachter, aber er scheute das naive Geplapper, die kleinen Aufregungen und Geheimnisse, die er nicht mehr teilen und verstehen wollte. Er fühlte sich zu alt dafür, es machte ihm keinen Spaß. Dallow empfand seine Haltung Frauen gegenüber von einer ihn selbst erschreckenden Vernunft geprägt. Er wußte, er sollte sich verlieben, das wäre ein Ausweg, ein vernünftiger Ausweg. Und er bedauerte sehr, daß die Vernunft dabei nicht helfen konnte. Dann dachte er wieder an seine mögliche Arbeit. Das Unmaß an freier Zeit lähmte ihn. Diese nicht und nirgends enden wollende Freiheit, die für ihn zunehmend zu einer strukturlosen, breiigen Zeitmasse wurde, ließ ihn jeden Tag tiefer und aussichtsloser versinken. Er fürchtete, sich eines Tages aufzulösen. Schweißtreibende Todesangst trieb ihn schließlich aus dem Bett.

Ende Mai meldete sich Roessler. Er rief abends bei ihm an und bat ihn, im Institut vorbeizukommen. Dallow antwortete ihm unwillig und einsilbig. Er hatte keinen Grund, zu ihm zu gehen, aber er wußte auch nicht, weshalb er absagen sollte. Langeweile mehr noch als Neugier brachte ihn dazu, Roesslers Einladung anzunehmen. Sie verabredeten sich für den nächsten Vormittag.

Ich muß morgen früh aufstehen, dachte Dallow, als er den Hörer auflegte. Er hatte das Gefühl, sich selbst hintergangen zu haben.

Am Abend holte er Elke von der Buchhandlung ab. Sie war von einer Kollegin zur Geburtstagsfeier eingeladen, und Dallow hatte ihr versprochen, sie zu begleiten.

Er wartete gegenüber der Buchhandlung, bis sie erschien. Dann ging er über die Straße und begrüßte sie. Er erkundigte sich, wie es ihr gehe.

»Und was hast du heute gemacht?« fragte sie.

Er verzog das Gesicht und gab ihr keine Antwort.

Sie liefen langsam durch die Innenstadt, in der zu dieser Zeit der Straßenverkehr zusehends abnahm. Im Park hinter dem Opernhaus spazierten sie, da Elke es wünschte, mehrmals um den kleinen Schwanenteich.

Dallow bemühte sich, über Unverfängliches mit ihr zu reden.

Er wechselte rasch das Thema, wenn er befürchtete, über Zukunftspläne sprechen zu müssen. Er hatte keine, und er wußte, niemand, auch nicht Elke, würde dies akzeptieren oder nur glauben.
Sie kamen spät zu der Feier. Alle anderen Gäste saßen bereits beim Essen. Elke stellte Dallow ihren Freunden vor, und er gab jedem die Hand. Die Frauen waren Kolleginnen von Elke, etwa in ihrem Alter, und arbeiteten in derselben Buchhandlung. Zwei von ihnen hatten ihre Ehemänner mitgebracht. Man rückte Stühle, damit Elke und Dallow am Tisch Platz bekamen. Die Gastgeberin goß ihnen Sekt ein, und sie stießen mit ihr an und gratulierten ihr. Elke umarmte und küßte sie, und auch Dallow küßte sie auf die Wangen, da sie lächelnd diese darbot und es offensichtlich wünschte. Dallow bemerkte, daß ihn alle verstohlen musterten. Er wandte sich Elke zu und unterhielt sich mit ihr. Bald war das durch ihre Ankunft unterbrochene Gespräch wiederaufgenommen. Man sprach über Prag, über das Treffen der sowjetischen Militärs mit Dubček und Černik und über den Tod von Massaryk, über den in den letzten Tagen Spekulationen in den Zeitungen der Tschechoslowakei zu finden waren, die von der sowjetischen Presse jedoch empört zurückgewiesen wurden. Einer der Männer erkundigte sich nach Dallows Ansichten und fragte, ob er Dubček Chancen einräume, politisch zu überleben.
»Ich habe keine Ahnung«, antwortete ihm Dallow, »und es interessiert mich auch nicht.«
Er sagte es freundlich und betont liebenswürdig, aber das Gespräch verstummte, und alle sahen zu ihm.
»Das kann nicht Ihr Ernst sein«, sagte der Mann, der ihn angesprochen hatte. »In diesem Fall wären Sie der einzige Mensch in diesem Land, den die Ereignisse in Prag nicht beschäftigten. So oder so ist doch da jeder engagiert.« Dallow zuckte bedauernd mit den Schultern und erwiderte nichts.
»Aber Sie sind doch Historiker«, sagte ein Mädchen, »das hat

Elke mir erzählt. Ich dachte, gerade Sie müßte das dort interessieren.«
Dallow lächelte sie freundlich an und korrigierte höflich: »Ich bin Pianist.« Und erläuternd fügte er hinzu: »Tangospieler.«
Das Mädchen sah erstaunt zu Elke, dann wieder zu Dallow und fragte: »Und wo spielen Sie? In einer Bar?«
»Ich habe es aufgegeben«, antwortete er, »ich habe das Klavier an den Nagel gehängt. An einen sehr großen Nagel.«
Er stellte es sich bildlich vor und lächelte versonnen.
»Und was machen Sie jetzt?«
Dallow sah Elke an, aber auch sie blickte fragend zu ihm.
»Hast du es ihnen nicht erzählt?« erkundigte er sich.
Elke schüttelte den Kopf. Dallow überlegte einen Moment und sagte dann gelangweilt: »Ich schreibe einen Roman.«
Keinem der Gäste entging, daß Elke ihren Freund überrascht ansah und etwas sagen wollte, aber es dann doch vorzog zu schweigen. Befremdet oder mißbilligend betrachteten sie Dallow. Nur sehr langsam kam ein Gespräch wieder zustande. Dallow bemerkte belustigt, daß ihn keiner mehr ansprach.
Sie redeten jetzt über Schriftsteller, über die Aufrufe der tschechischen Autoren und die ausführlichen und polemischen Antworten einiger einheimischer Autoren in der Tagespresse. Dallow stand auf und sah sich die Bücher der Gastgeberin an, die in der Schrankwand standen
Als er später rauchend am offenen Fenster stand, kam einer der Ehemänner, jener, der ihn zuvor angesprochen hatte, zu ihm und ließ sich von Dallow Feuer geben. Er sah mit ihm in die Nacht hinaus und sagte dann unvermittelt: »Ich glaube Ihnen nicht. Ich glaube nicht, daß Sie zu den Veränderungen in Prag nicht mehr zu sagen haben.«
»Ich weiß«, erwiderte Dallow. Er streifte sorgsam die Zigarettenasche am Fenstersims ab und verfolgte mit den Augen eine Straßenbahn, die zwischen Häusern und geräumten Ruinengrundstücken auftauchte und verschwand.

»Sie sind doch ein intelligenter Mensch. Oder haben Sie Angst, sich zu äußern?«
Dallow sah ihn an. Es war ein dreißigjähriger Mann mit dünnem, bereits schütterem Haar und einem leichten Bauchansatz. Er war, wenn Dallow es bei der Vorstellung richtig verstanden hatte, Ingenieur. Dallow lächelte herablassend und sagte: »Ich habe zwei Jahre im Gefängnis gesessen.«
Die Antwort verblüffte seinen Gesprächspartner. Verwundert sagte er: »Ja, und?«
Dallow gab ihm keine Antwort. Er drückte die Zigarette auf dem Mauerwerk hinter dem Fenster aus, warf die Kippe auf die Straße und ging zu Elke.
»Langweilst du dich sehr?« fragte sie.
»Nicht mehr als sonst«, erwiderte er und streichelte ihr den Arm.
Eine von Elkes Kolleginnen setzte sich zu ihnen und strahlte Dallow an.
»Sie schreiben tatsächlich einen Roman?« erkundigte sie sich.
»Ich versuche es«, sagte er und sah dabei Elke an.
»Worüber schreiben Sie? Was ist Ihr Thema? Eine Liebesgeschichte?« fragte sie weiter.
Dallow spielte mit dem Weinglas und überlegte. »Fast eine Liebesgeschichte«, bestätigte er dann. »Der Held ist ein Idiot. Und er bekommt schließlich, was er verdient. Das ist schon alles.«
»Hört sich gut an«, sagte die Buchhändlerin sarkastisch. »Ich hoffe nur, es wird ein lustiges Buch. Die Leute kaufen lieber lustige Bücher.«
»Es wird sehr komisch«, versprach Dallow, »es wird ein Buch zum Totlachen.«
»Fein«, sagte sie und stand auf. »Wenn es so gut ist, werde ich viel davon verkaufen. Ihnen zuliebe.«
Elke entzog ihm ihre Hand, als die Kollegin sie verlassen hatte.
»Du bist unverschämt«, sagte sie.

Dallow erwiderte nichts. Er zog lediglich hörbar die Luft ein und atmete mit einem Seufzer aus.
»Du bist rücksichtslos und selbstgerecht«, sagte sie leise. »Keiner von denen hier hat dich ins Gefängnis gebracht. Auch ich nicht.« Sie sprach so leise, daß Dallow den Eindruck hatte, sie spreche mit sich selbst.
»Das habe ich nie gesagt«, widersprach ihr Dallow.
»Aber du benimmst dich so. Und nicht nur heute abend.«
Dallow schwieg. Er wußte, daß er ungerecht war, und er hatte nicht die Absicht, Elke zu kränken.
»Tut mir leid«, sagte er gequält und faßte nach ihrer Hand, »darum geht es nicht ...«
Elke ließ nicht ihn ausreden. »Du hast ein Problem, und das mußt du lösen«, sagte sie. »Melde dich bei mir erst wieder, wenn du es hinter dir hast.«
Überrascht wandte er den Kopf. »Du wirfst mich raus?« fragte er tonlos.
»Werde nicht dramatisch«, sagte sie leise und nachdrücklich.

Am nächsten Tag war er um neun Uhr früh im Institut. Roessler bat ihn, ein paar Sekunden zu warten. Er wühlte in den Papieren auf dem Schreibtisch, ging dann ins Vorzimmer und sprach mit der Sekretärin. Als er zurückkam, setzte er sich zu Dallow an den runden Clubtisch. Er erkundigte sich nach Dallows Arbeit und verzog mißmutig das Gesicht, als er seine Antwort hörte. Dann fragte er ihn nach seinen Plänen und schüttelte ungläubig den Kopf, als Dallow ihm unbekümmert erklärte, daß er keinerlei berufliche Pläne habe. Roessler betrachtete ihn schweigend und sorgenvoll, und Dallow wartete geduldig, um zu erfahren, weshalb Roessler ihn sprechen wollte.
Barbara Schleider kam ins Zimmer und brachte zwei Tassen Kaffee. Sie zwinkerte Dallow aufmunternd zu, als sie ihm die Tasse hinstellte.

»Seh ich dich noch?« fragte Dallow sie.
»Wann immer du willst«, sagte sie mit vielversprechender Stimme.
Dallow sah ihr nach, als sie das Zimmer verließ. Er zog die Zigarettenschachtel aus der Tasche, steckte sie aber, als er Roesslers schmerzlich verzogenes Gesicht sah, wieder ein, ohne sich eine Zigarette zu nehmen.
»Wir überlegen«, sagte Roessler langsam und gewichtig, »ob du nicht wieder bei uns anfangen solltest.«
Dallow stellte überrascht die Tasse auf den Tisch.
»Tatsächlich?« fragte er ungläubig.
»Was hältst du davon?« erkundigte sich Roessler.
Dallow überlegte. Das Angebot kam unerwartet. Er hatte geglaubt, ein für allemal mit dieser Zeit seines Lebens abgeschlossen zu haben, doch der Vorschlag verwirrte ihn jetzt. Er dachte darüber nach. Dann schüttelte er kaum sichtbar den Kopf.
»Dazu müßte ich zuviel vergessen«, sagte er verbittert, »und ich will nichts vergessen. Ich werde auch nichts verzeihen.«
Roessler breitete die Arme aus. »Ich glaube nicht, daß du mir einen Vorwurf machen kannst«, sagte er entrüstet, »ich habe mich korrekt verhalten. Oder willst du mir vorwerfen, daß ich Dozent wurde, während du . . .«
Roessler beendete den Satz nicht, Dallow lächelte nur.
»Die Verurteilung war eine Dummheit. Der ganze Prozeß. Aber dein Auftritt, mein Lieber, war auch keine Glanzleistung. Jedenfalls nicht sehr klug. Aber wollen wir uns wirklich über diese Dummheiten unterhalten?« Roessler lehnte sich zurück und sah ihn besorgt an. Dann stand er auf, ging zu seinem Schreibtisch, zog eins der unteren Schubfächer auf und holte einen Aschenbecher heraus. Er stellte ihn vor Dallow auf den Tisch und sagte: »Ausnahmsweise.«
Er setzte sich wieder hin. Dallow war fest entschlossen, dennoch nicht zu rauchen. Er wollte sich vor Roessler keine Blöße geben, und vor allem wollte er auf seine Geste nicht eingehen.

»Überleg es dir«, sagte Roessler. »Vergiß die ganzen Dummheiten und komm zurück. Wir haben eine Oberassistentenstelle für dich. Und über eine Dozentur können wir in vier, fünf Jahren reden. Natürlich müßtest du gleichzeitig beantragen, wieder in die Partei aufgenommen zu werden. Aber ich sehe da keine unüberwindlichen Schwierigkeiten.«
Dallow überlegte. Er dachte an die acht Jahre in diesem Institut, in denen er an seiner Doktorarbeit gesessen und als Assistent gearbeitet hatte, an die Diskussionen, Sitzungen, Aussprachen, an die viele sinnlos verbrachte Zeit. Er nahm die Zigaretten heraus, zündete sich eine an und sagte entschlossen: »Das wäre, als würde ich mir selber ins Gesicht spucken.«
Roessler sah ihn bekümmert an. Er stand auf und lief im Zimmer auf und ab. An einem der Aktenschränke blieb er stehen und wippte leicht seinen Körper, indem er sich gegen die Schranktür lehnte und wieder abstieß.
»Wie du willst, Peter. Es ist ein Angebot. Überleg es dir und gib mir in ein paar Tagen Bescheid. Bis zum fünfzehnten Juni brauche ich deine endgültige Entscheidung.«
»Sie ist schon heute endgültig.«
Roessler ging zum Sessel und setzte sich. Mit einer Leidensmiene griff er nach einem Bleistift und rollte ihn zwischen seinen Händen.
»Ich warte trotzdem bis zum Fünfzehnten«, sagte er. Und verärgert fragte er dann: »Was hast du wirklich vor? Und was verlangst du eigentlich?«
»Keine Ahnung«, sagte Dallow. Und lächelnd fügte er hinzu: »Ich weiß es wirklich nicht.«
»Entschuldige«, brauste Roessler auf, »ich versteh dich nicht. Was ist in dich gefahren? Komm endlich zur Vernunft, Dallow. Wo zum Teufel steckt dein Problem?«
»Es ist alles in bester Ordnung. Das Leben hat mir nochmals eine Chance gegeben, und ich will sie nutzen.«
Roessler nahm seine Brille ab und betrachtete sie eindringlich.

Auch er hält mich für wahnsinnig, stellte Dallow beruhigt fest. Er drückte die Zigarette aus und fügte lächelnd hinzu: »Oberassistent war nie mein Lebensziel, Roessler.«
Roessler kniff für einen Moment die Augen zusammen. Dann nahm er die Brille vom Tisch, setzte sie auf und sagte gelangweilt: »Mach, was du willst. Aber kümmere dich um eine Arbeit. Du könntest Probleme bekommen.« Und fast feindselig fügte er hinzu: »Es war nicht mein Gedanke, dir dieses Angebot zu machen. Es war der dringende Wunsch ...«
»Müller und Schulze«, warf Dallow ein.
Roessler sah ihn irritiert an. »Bitte?«
»Müller und Schulze, sagte ich. Der Vorschlag kommt von diesen beiden Clowns.«
Roessler schüttelte verständnislos den Kopf. »Nein, Doktor Berger rief uns an. Das ist der Richter, der deine Verhandlung führte.«
Dallow stand auf. »War das alles, weshalb du mich sprechen wolltest?«
Roessler gab ihm keine Antwort. Dallow nickte ihm schweigend zu und ging zur Tür.
»Ich warte bis zum Fünfzehnten«, sagte Roessler, bevor Dallow den Raum verließ.
Barbara Schleider winkte ihn zu sich. Dallow setzte sich auf ihren Schreibtisch, und sie bot ihm eine Zigarette an.
»Schade«, sagte sie nur und deutete, als Dallow sie fragend ansah, mit dem Finger auf die Wechselsprechanlage auf ihrem Tisch. »Ich habe alles mitangehört.«
»Dieser Berger, war der hier?« fragte Dallow.
Sie schüttelte den Kopf. »Er hat angerufen.«
Dallow war erleichtert, als er es hörte. Unvermittelt legte er, da sie ihn aufreizend anlächelte, eine Hand auf eine ihrer Brüste. Er sah ihr dabei unverwandt in die Augen.
»Nimm deine Finger weg«, sagte sie freundlich. Und da sie ihn unverändert anlächelte, war Dallow unsicher, wie ernst ihre

Forderung gemeint war. Aber dann nahm er doch rasch die Hand weg. Verlegen sagte er: »Entschuldige. Es war nur, weil ich dich ...«
»Ich weiß«, unterbrach sie ihn, »ich weiß alles. Mir müssen Männer nichts erklären.«
Sie lachte auf, als sie bemerkte, daß er rot wurde. In seiner Verlegenheit fragte er sie, ob er sie zum Mittagessen einladen dürfe. Sie verabredeten sich in einer Gaststätte in der Innenstadt, da er sie nicht im Institut abholen wollte.
Als er bereits im Treppenhaus stand, ging Dallow in den Flur zurück. Er lief ihn bis zum Ende ab, sah in die offenstehenden Räume in der Hoffnung, einen seiner ehemaligen Kollegen zu treffen. Einen Studenten, der ihn verwundert beobachtete, fragte er nach einem Namen, der ihn gerade einfiel. Dann fragte er nach Sylvia, aber der Student konnte ihm nicht helfen.
Er lief die wenigen Meter bis zu Elkes Buchhandlung. Die Frauen, die am Abend zuvor bei der Geburtstagsfeier waren, kamen zu ihm und begrüßten ihn. Eine der Frauen fragte ihn nach seinem Roman. Dann ging sie nach hinten, um Elke zu holen. Er mußte lange auf sie warten. Als sie erschien, stand er an einem der Auslagetische und blätterte in einem Bildband. Er wollte sie umarmen, aber sie wehrte ihn ab. Sie fragte ihn nach dem Gespräch mit Roessler, und er erzählte ihr von seinem Angebot.
»Wie wirst du dich entscheiden?« fragte sie. Und da er mit der Antwort zögerte, setzte sie beiläufig hinzu: »Tu, was du willst.«
Sie verabschiedete ihn bald, sie hatte zu tun. Dallow verließ die Buchhandlung und lief in die Innenstadt. Bis zu seiner Verabredung mit Barbara Schleider hatte er noch fast zwei Stunden Zeit. Er ging ins Kino, um sich einen Film anzusehen, über den er zwei Tage zuvor eine Kritik in der Zeitung gelesen hatte. Es saßen nur wenige Menschen in der Vorführung, Studenten und ein paar Rentner. Die Studenten unterhielten sich laut

miteinander und wurden auch nicht still, als der Film lief. Dallow fühlte sich gestört und stand auf, um sich zu den Rentnern in eine der vorderen Reihen zu setzen. Während er den Film sah, dachte er an die Kritik. Er war darüber verwundert, wie man den Film in der Zeitung beschrieben hatte. Eine Stunde später stand er auf und verließ das Kino, noch während der Film lief.

Draußen empfing ihn warme Maisonne, und wie immer, wenn er tagsüber ins Kino gegangen war, irritierte ihn, aus dem Dunkel kommend, das Tageslicht. Er lief langsam zur verabredeten Gaststätte, blieb an der Tür stehen, bis ihn ein Kellner an einen frei gewordenen Tisch führte, bestellte einen Fruchtsaft, blätterte in Zeitungen und wartete auf Barbara.

Das Mittagessen mit ihr amüsierte ihn sehr. Sie erzählte Geschichten von Roessler und den Kollegen, und beide lachten viel und herzlich. Als sie ihn auf seine gegenwärtige Situation ansprach, antwortete er ihr ausweichend, und zu seiner Erleichterung gab sie sich damit zufrieden und wechselte das Thema. Sie erzählte ausführlich von ihrem Freund, einen verheirateten Professor, mit dem sie die Wochenenden verbrachte.

»Ich habe die Liebe kennengelernt und die Vernunftehe«, sagte sie, »und was sie mir gebracht haben, waren schlaflose Nächte und ein paar graue Haare. Jetzt sehe ich den Mann an zwei Tagen und habe dann fünf Tage Zeit, mich von ihm zu erholen. Das ist eine gute Mischung, Peter, ich werde sie mir als Mixtur für Glückseligkeit patentieren lassen.«

Dallow nickte zustimmend. »Das gefällt mir«, sagte er. »Das Problem jedoch sind die Frauen. Sie wollen sich mit den zwei Tagen nicht zufriedengeben, trotz ihrer Erfahrungen.«

»Das Glück bekommt man nicht geschenkt. Es war auch für mich ein langer Weg.«

Dann sah sie ihn an und sagt nachsichtig: »Glaub mir, Männer sind viel uneinsichtiger. Im Grunde ihres Herzens lieben sie

allein sich selbst. Und sie brauchen uns nur, weil die Einsamkeit ihrer Liebe sie ängstigt.«
Dallow widersprach ihr ohne rechte Überzeugung. Dann hob er sein Glas, hielt es ihr entgegen und sagte: »Eigentlich sind wir das ideale Paar, Barbara.« Sie stieß mit ihm an, trank ihr Glas aus und erwiderte: »Ja, und das wollen wir bleiben.«
Mit diesen Worten stellte sie das leere Glas ab, griff nach seiner Hand, die ihren Oberarm streichelte, und legte sie auf den Tisch zurück.
»Sieh mich nicht so verloren an«, sagte sie. »Wir sind vielleicht das ideale Paar und vom Himmel füreinander bestimmt. Aber vielleicht ist es ein Irrtum. Wir sollten nicht versuchen, es herauszufinden.«
Sie lächelte ihn aufmunternd an, doch Dallow verzog keine Miene, als er erklärte: »Ich ahne es, du verachtest die Männer, und ich fürchte, Barbara, eben das ist das Geheimnis deiner Glückseligkeit.«
Sie sah auf den halbleeren Teller und überlegte. »Du irrst dich«, sagte sie dann, »ich verachte nicht alle Männer. Und es gibt sogar einen Mann, den ich liebe.«
Dann sah sie ihn an und fügte hinzu: »Aber der ist mein Sohn.« Sie sagte es leise und melancholisch, und Dallow wußte, daß sie die Wahrheit sagte.
»Und ich hoffe, daß er mich nicht ebenso liebt«, fuhr sie fort, »denn ich könnte nicht nein sagen.«
Ihr Geständnis machte Dallow verlegen. Um nichts erwidern zu müssen, rief er den Kellner an den Tisch und fragte sie, ob sie noch etwas trinken wolle. Sie verneinte, und er ließ sich die Rechnung geben und bezahlte.
Auf der Straße nahm sie seinen Arm, und eingehakt liefen sie den Weg zu ihrem Institut.
»Sag etwas«, bat sie, als sie das Gebäude erreichten und stehengeblieben waren, »ich brauche deinen Rat. Deshalb habe ich es dir erzählt.«

Er zuckte hilflos mit den Schultern.
»Hab ich dich sehr erschreckt?« fragte sie belustigt.
»Nein«, erwiderte er sehr ernst, »aber ich kann nichts dazu sagen. Du mußt allein damit fertig werden, Barbara.«
»Ich weiß«, sagte sie vergnügt, »und ich verspreche dir, daß ich in zwanzig Jahren das kleine Problem gelöst habe.«
Sie umarmte ihn, und zu seiner Verwunderung küßte sie ihn heftig. Dann trat sie einen Schritt zurück, holte aus ihrer Handtasche ein Papiertuch und wischte ihm die Lippen ab.
»Ich hoffe nur, alle haben es gesehen«, sagte sie dabei und deutete mit dem Kopf nach oben zu den geöffneten Fenstern des Instituts.
In der Tür drehte sie sich nochmals um und sagte unbeschwert: »Vergiß es. Vergiß einfach alles.«
Dallow sah ihr nach. Ihm schien, als schwenkte sie übermütig und nur für ihn den Hintern, bevor sie im Eingang verschwand und die große schwere Tür langsam hinter ihr zufiel.
Er setzte sich in sein Auto und sah, bevor er startete, lange einem jungen Paar zu, das in einer Telefonzelle stand und sich gierig umarmte.
Als er den Briefkasten aufschloß und die Zeitung herausnahm, fiel ein Umschlag auf den Boden des Flurs. Er hob ihn auf. Der Brief kam vom Gericht, über dem gedruckten Absender stand in Schreibmaschinenschrift der Name Dr. G. Berger. Dallow dachte an den Abend im Johannapark. Die Erinnerung war ihm unangenehm. Er setzte sich ins Zimmer, legte den Brief ungeöffnet vor sich auf den Tisch und überlegte. Er griff zur Zeitung und schlug sie auf, aber er war zu nervös, um etwas zu lesen. Er nahm den Brief in die Hand, drehte ihn unschlüssig herum und legte ihn wieder zurück. Der Brief beunruhigte ihn stark. Er spürte plötzlich eine Übersäuerung des Magens und stand auf. Er nahm die Zeitung und ging auf die Toilette. Er spuckte mehrmals aus und setzte sich dann auf den Wannenrand. Er wartete, da er befürchtete, sich übergeben zu müssen. In der

Zeitung las er die Meldungen über Prag, über den zu Ende gegangenen Besuch sowjetischer Militärs bei Černik und Dubček, aber die Meldungen waren knapp und nichtssagend abgefaßt, und Dallow hatte Mühe, die Mitteilungen zu verstehen. In einem Kommentar der Zeitung wurde die Behauptung einer westeuropäischen Regierung, der Warschauer Pakt beabsichtige eine militärische Intervention in der Tschechoslowakei, als Kriegshetze und böswillige Erfindung bezeichnet. Die Zeitung sprach von Gangstermethoden und der Propaganda eines Josef Goebbels. Dallow las den Kommentar sorgfältig, da er hoffte, hier Informationen zu finden, die ihm die anderen Meldungen verständlicher machten. Dann faltete er die Zeitung zusammen und ging ins Zimmer. Er riß den Brief auf. Dr. Berger verlangte, daß Dallow ihn am nächsten Tag um halb zehn aufsuche. Es waren nur zwei knappe Zeilen, die fordernd und schroff formuliert waren. Auch in der Anrede fehlte jede förmliche Höflichkeit, er wurde lediglich mit Herr Dallow angesprochen.

Dallows Hände zitterten. Er legte den Brief auf den Tisch und ging in die Küche, um sich Kaffee zu brühen. Während er neben dem Gasherd stand und auf das Brodeln des Wasserkessels wartete, entschied er, der Aufforderung des Richters keine Folge zu leisten. Er ging ins Zimmer, holte den Brief, zerriß ihn sorgfältig und warf ihn in den Mülleimer. Er fühlte sich augenblicklich erleichtert, und auch die kleinen, unangenehmen Bewegungen seines Magens verebbten langsam. In der Küche trank er den Kaffee und hörte Radio. In dem westlichen Sender wurden Kommentare der internationalen Presse verlesen. Auch hier beschäftigte man sich vor allem mit der Tschechoslowakei, man sprach jedoch nur von der Prager Burg. Es wurden vornehmlich Spekulationen geäußert, und Dallow drehte gelangweilt an den Knöpfen des Radios, um Musik einzustellen. In dem Maß, wie er sich beruhigte, wurde ihm klar, daß er der Aufforderung des Richters nachkommen mußte. Er holte den zerrissenen Brief aus dem Mülleimer und knallte wütend den blechernen Deckel auf den Eimer. Er suchte sich unter den Papierschnipseln jenen heraus, auf dem die Zimmernummer angegeben war, und steckte ihn in die obere Tasche seines Jacketts. Dann verließ er das Haus und fuhr zum Kulkwitzer See, um dort spazierenzugehen. Aber er war zu unruhig und stieg wieder ins Auto, fuhr auf die Autobahn und umkreiste die Stadt. Während der Fahrt entschied er, am Abend Elke zu besuchen und mit keinem Wort auf ihre Verstimmung einzugehen. Aber als er die Stadt erreichte, fuhr er nicht zu Elke, sondern sofort zu seiner Wohnung. Er stellte das Auto in die Garage, aß stehend belegte Brote in der Küche und ging schließlich in sein Vorstadtkino. Danach ging er gleich ins Bett, konnte aber lange nicht einschlafen. Zweimal in der Nacht wurde er wach, er hatte von der Gefängniszelle geträumt.

Pünktlich um halb zehn klopfte er am nächsten Vormittag an der Tür mit der im Brief angegebenen Nummer. Eine Sekretärin kam ihm entgegen und bat um den vom Pförtner ausgestellten Besucherschein. Sie ging in das Nachbarzimmer, um Dallow anzumelden. Nach einigen Sekunden kam sie zurück und hielt ihm einladend die Tür auf.
»Sie arbeiten noch immer nicht, Dallow«, sagte Dr. Berger statt einer Begrüßung. Er saß am Schreibtisch und war mit einer Akte beschäftigt, die er aufgeschlagen in der Hand hielt, als er Dallow ansprach. Seine Brille saß auf der Nasenspitze.
Dallow nickte und sah sich nach einem Stuhl um.
Der Richter blätterte in den Papieren. Dann sagte er, ohne aufzusehen: »Das ist nicht gut für Sie, Dallow. Lassen Sie sich von meiner Sekretärin die Telefonnummer geben und rufen Sie an.«
Dallow verstand nicht, was der Richter meinte. Er schwieg aber und wartete. Dr. Berger blickte auf seine Armbanduhr und ergänzte: »Sagen wir, in drei Tagen rufen Sie an und sagen ihr, wo Sie arbeiten. Es ist besser so.«

Dallow wollte etwas erwidern. Der Richter ließ ihn jedoch nicht zu Wort kommen. Ohne den Blick von den Papieren zu heben, sagte er: »Sie haben verstanden, Dallow. Vergessen Sie nicht, meine Sekretärin anzurufen. In Ihrem Interesse.«
Er blätterte in seiner Akte, beugte sich dann über eins der Blätter, notierte etwas und sagte: »Sie können jetzt gehen, Dallow.«
Dallow blieb unschlüssig stehen. Schließlich drehte er sich um und ging zur Tür.
»Das war ein Mordversuch, Dallow. Wissen Sie, was Sie das kosten kann?«
»Nein«, sagte Dallow heftig und wandte sich zu dem Richter, »es war ein unglückseliges Mißverständnis.«
Der Richter sah auf und verzog höhnisch das Gesicht.
»Ein Mißverständnis? Was heißt das? Sind Sie auch noch feige?«
Dallow ging zwei Schritte auf den Schreibtisch des Richters zu. »Lassen Sie es mich Ihnen erklären«, sagte er schnell und aufgeregt, »es ist nur eine nervöse Störung, eine konvulsive Überreaktion noch aus der Haftzeit, wie mir der Arzt sagte. Es wird langsam besser.«
Der Richter blickte ihn spöttisch und ungläubig an. Er schüttelte den Kopf und fragte: »Und das haben Sie öfter?«
»Nein, nein«, beeilte Dallow sich zu sagen, »es war ein unglücklicher Zufall.«
Der Richter verzog die Mundwinkel zu einem Grinsen. Er bemerkte, wie ängstlich Dallow ihn anstarrte, wie er fast flehend an seinem Mund hing.
»Das ist ja eine äußerst gefährliche Krankheit, Dallow«, sagte er sarkastisch.
Dallow lächelte gleichfalls.
»Es stört vor allem beim Klavierspielen, ich mußte es deshalb aufgeben«, sagte er in einem hilflosen Versuch, einen Scherz zu machen.

Der Richter blickte wieder in seine Akte. »Sie sollten Handschellen tragen«, sagte er, während er intensiv auf ein Papier starrte.
Dallow stand schweigend vor dem Schreibtisch und wartete. Es war, als hätte ihn der Richter vergessen. Aber nach einer Pause, die Dallow wie eine Ewigkeit erschien, sagte Dr. Berger leise: »Gehen Sie.«
»Danke«, sagte Dallow tonlos.
Der Richter sah nicht auf. Mit der linken Hand wedelte er in der Luft, um Dallow anzudeuten, endlich zu gehen.
Im Vorzimmer kam ihm die Sekretärin entgegen. Wortlos und mit unbeweglicher Miene gab sie ihm den unterschriebenen Besucherschein und einen kleinen weißen Zettel, auf den die Adresse des Gerichts gestempelt und handschriftlich eine Telefonnummer vermerkt war.
»Vielen Dank«, sagte Dallow und wurde rot.
Als er den Flur des Gerichts entlang lief, wurde ihm vor Erleichterung fast schlecht. In einer Fensternische lehnte er sich gegen die Fensterscheibe. Er hätte es nie beweisen können, murmelte er vor sich hin.
Eine Frau mit einem Wasserkocher in der Hand sprach ihn an und fragte, ob er Hilfe benötige.
Er schüttelte den Kopf. Dann drehte er sich zu der Frau um und sagte: »Sie wollen mir helfen? Was haben Sie? Macht, Geld, Einfluß, Beziehungen?«
Die Frau drückte den Wasserkocher an ihre Brust und sah ihn fassungslos und entsetzt an.
»Ja, was denn«, fuhr Dallow fort, »Sie haben nichts von all dem? Wie wollen Sie mir da helfen?«
Die Frau lief drei, vier Schritte rückwärts, ohne ihn aus den Augen zu lassen. Dallow sah ihr an, daß sie beängstigt war. Dann drehte sie sich um und lief den Gang entlang mit kurzen, schnellen Schritten. Erst als sie hinter einer Tür verschwunden war, ging Dallow vergnügt weiter.

Als er die breite Steintreppe erreicht hatte, die zum Ausgang hinunter führte, drehte er sich plötzlich um und ging suchend einen Gang ab. Unschlüssig hielt er vor einer der Türen und klopfte an. Noch bevor er die Klinke niederdrücken konnte, wurde ein Schlüssel im Schloß gedreht und die Tür einen Spalt geöffnet. Ein Mann, von dem er kaum mehr als die Nasenspitze zu sehen bekam, sagte knapp und grob: »Bitte?«
Dallow murmelte etwas von einem Irrtum. Er war nicht sicher, ob es das Zimmer war, in das ihn Müller und Schulze vor ein paar Monaten geführt hatten. Er ging zum Ausgang und übergab dem Pförtner seinen Besucherschein.
Am Abend ging er ins Nachbarhaus, um Stämmler zu sprechen. Dessen Frau öffnete Dallow. Sie begrüßte ihn kühl, führte ihn ins Wohnzimmer und bat ihn zu warten. Ihr Mann sei einkaufen. Sie entschuldigte sich und ließ ihn im Zimmer allein. Dallow setzte sich. Er hörte nebenan Kinderstimmen und das Klappern von Geschirr. Er sah sich nach einer Zeitschrift um, griff dann zu einer kleinen Messingfigur, die auf dem Tisch stand, und untersuchte sie ausführlich. Er war erleichtert, als er die Türklingel hörte. Er lauschte den Stimmen im Flur. Als Stämmler ins Zimmer trat, stellte er die Messingfigur auf den Tisch und stand auf.
»Du mußt mir helfen, Jochen«, sagte er und gab ihm die Hand. Beide setzten sich. Stämmler bot einen Cognac an und hörte Dallow schweigend zu.
»Ich an deiner Stelle würde an die Universität zurückgehen«, sagte er dann, »das ist alles, was ich dir raten kann.«
Dallow schüttelte entschieden den Kopf. »Das geht nicht«, sagte er, »ich habe zwei Jahre im Gefängnis gesessen.«
Stämmler sah ihn verständnislos an. »Ja, und?« fragte er mißbilligend. »Wo steckt dein Problem? Das Institut will dich wieder einstellen.« Dallow begriff, daß er sich nicht verständlich machen konnte. »Das wäre«, begann er erneut, »als würde ich meine Verurteilung unterschreiben.«

Stämmler sah ihn reglos an. Er griff nach der Cognacflasche und bot Dallow schweigend an, ihm das Glas zu füllen, doch der lehnte ab. Stämmler goß sein Glas voll, nippte daran und sagte: »Dann wirst du an diesen zwei Jahren eine Ewigkeit zu tragen haben. Ich kann dir nicht helfen.«
Sie verharrten beide in einem feindseligen Schweigen, aus dem sie erst Stämmlers Frau erlöste, die mit einer Konservendose ins Zimmer kam und ihren Mann bat, sie zu öffnen. Er verletzte sich dabei und beobachtete interessiert, wie sich über der kleinen Schnittwunde auf seinem Daumen ein Blutstropfen bildete. Dallow stand auf und verabschiedete sich. An der Tür sagte er zu Stämmler: »Entschuldige, ich habe mich in der Adresse geirrt.«
Stämmler hielt den verletzten Daumen an seine Lippen und saugte das Blut. »Ja«, erwiderte er ebenso freundlich und schloß dann hinter Dallow die Tür.
Am Abend fuhr er zu Elke, aber sie war nicht daheim. Er ging in die Kneipe auf der anderen Straßenseite, stellte sich an den Tresen und bestellte einen Kaffee. Er sah dem Wirt zu, der sich mit einigen Gästen unterhielt, während er Bier zapfte und mit einem schmutzigen Lederlappen immer wieder die silberne Oberfläche des Tresens abwischte. Dann tauchte er, ohne hinzusehen, die Biergläser in das Wasserbecken, stieß jedes zweimal auf die darin befestigten runden Bürsten, wendete sie im Wasser und stellte sie zum Trocknen neben das Becken. Nur wenn er Bier zapfte, wandte er den Blick nicht vom Hahn, sprach aber weiter mit seinen Gästen. Er hatte dicke, fast violette Tränensäcke, und das Kinn und der Hals waren stark vernarbt. Als er bemerkte, daß Dallow ihn ansah, warf er ihm einen fragenden Blick zu. Dallow schüttelte abwehrend den Kopf. Der Wirt ging mit drei gefüllten Gläsern zum anderen Ende des Tresens. Er hatte ihn nicht erkannt.
Eine Stunde später klingelte er nochmals bei Elke und fuhr dann in die Innenstadt zu Harry. Beiläufig sprach er mit ihm

darüber, daß er eine Arbeit suche, irgendeine, und er erkundigte sich, ob Harry ihm behilflich sein könne. Und erst als der Kellner nickte und vage von verschiedenen Möglichkeiten sprach, erzählte er ihm, daß es für ihn dringlich sei. Harry stutzte, sah ihn prüfend an, sagte aber nichts dazu. Er versprach ihm, sich zu erkundigen und ihm in den nächsten Tagen Bescheid zu geben. Dallow dankte ihm. Er blieb noch eine halbe Stunde an der Bar sitzen und versuchte, mit dem Barmädchen ins Gespräch zu kommen, doch die junge Frau ließ sich fast jeden Satz, den er sagte, wiederholen, da sie ihn angeblich nicht verstand, und antwortete ihm nur einsilbig.

Am nächsten Tag rief Harry mittags bei ihm an und bot ihm eine Stelle als Saisonkellner an der Ostsee an. Dallow sagte sofort zu, als er hörte, daß er dort in drei Tagen anfangen könne. Er bedankte sich mehrfach. Harry unterbrach ihn und sagte, er möge am nächsten Vormittag ins Café kommen, er habe ihm noch einiges dafür beizubringen. Dann rief Dallow Elke in der Buchhandlung an, sie verabredeten sich für den nächsten Abend.

Er holte einen Koffer vom Schrank und begann, ihn zu packen. Er fühlte sich dabei so glücklich wie ein Kind, das in die Sommerferien fährt und kaum noch den Tag der Abreise erwarten kann. Er dachte an den Richter. Er suchte nach dem Zettel, den ihm die Sekretärin gegeben hatte, und wählte die angegebene Nummer. Eine Frau meldete sich. Er fragte, ob sie die Sekretärin von Dr. Berger sei. Dann sagte er, daß er ab dem ersten Juni wieder arbeiten werde. Die Frau fragte nach der Adresse der Arbeitsstelle. Er sagte ihr das wenige, was Harry ihm erzählt hatte. Da sie nichts erwiderte, fügte er noch hinzu, sie möge es dem Richter mitteilen. Er legte den Hörer auf, stellte das Radio an und suchte lange nach einer Musik, die ihm zusagte. Schließlich packte er weiter den Koffer, verschloß ihn und stellte ihn in den Wohnungsflur. Er versuchte ein Buch zu lesen, aber er war zu unruhig und begann, wieder durch die

Wohnung zu laufen, um sie für die lange Zeit seiner Abwesenheit zu richten.
Den Abend wollte er nicht allein verbringen, und da Elke verhindert war, rief er im Institut an, um Barbara zu sprechen. Während er mit ihr plauderte, begriff er, wie unsinnig und mißverständlich eine Einladung sein mußte. Er unterließ es daher. Er blätterte das kleine Adreßbuch durch, zögerte bei einigen Namen, blätterte aber doch weiter. Er fürchtete, nicht verstanden zu werden und die damit verbundenen Dummheiten und Peinlichkeiten. Schließlich verbrachte er den Abend damit, die Wohnung zu säubern und seine Vorräte an Lebensmitteln durchzusehen und auszusortieren. Er war vergnügt und trat zweimal an das Klavier. Er öffnete den Deckel, betrachtete die Tastatur und konnte dann nur mit Mühe den Wunsch unterdrücken, etwas darauf zu spielen.
Am anderen Morgen fuhr er zu Harrys Café. Es war noch geschlossen, und Dallow klopfte an die große Glasscheibe. Eine ältere Frau, die das Café säuberte, schloß die Tür auf und ließ ihn ein.
Harry saß beim Chef im Büro, Dallow mußte warten. Nachdem Harry heruntergekommen war, zeigte er Dallow, wie ein Tablett zu tragen sei, ein kleines mit zwei Kaffeetassen und ein großes mit zwanzig gefüllten Gläsern. Dallow hatte Teller zu tragen und zu servieren, und Harry und der anwesende Koch begutachteten alles und erteilten ihm Ratschläge. Dann gab Harry ihm Namen und Adresse der Gaststätte auf der Insel Hiddensee und riet ihm, dort anzurufen und zu fragen, was er mitzubringen habe.
»Mach mir keine Schande«, sagte er zum Abschied, »ich habe dich schließlich empfohlen.«
Zu Hause zog Dallow seinen schwarzen Anzug an, den er sich vor Jahren für seine Hochzeit hatte anfertigen lassen und später kaum noch einmal getragen hatte. Er betrachtete sich im Spiegel. Der Anzug saß etwas eng, die Hosen waren aus der

Mode und wirkten dadurch schäbiger, als sie es tatsächlich waren.
»Du siehst aus wie der Nachkomme einer Dynastie von Kellnern«, sagte er erfreut zu seinem Spiegelbild.
Am Abend fuhr er zu Elke. Erstaunt hörte sie ihm zu, als er von seiner neuen Arbeit erzählte und sie einlud, ihn am Wochenende und im Urlaub an der Ostsee zu besuchen.
»Das ist für dich keine Arbeit, und das weißt du auch«, sagte sie mißbilligend. »Du hast dir lediglich wieder eine Höhle gesucht, in der du dich verstecken kannst.«
»Es ist immerhin eine Höhle auf Hiddensee«, erwiderte er, »für den Sommer kein schlechter Ort, um sich zu verkriechen.«
Sie saßen in der Küche, das Fenster stand offen, und da der Autoverkehr verebbt war, hörte man jetzt die Vögel zwitschern.
»Und dann?« fragte Elke. »Was wirst du dann tun?«
Er zuckte unbekümmert mit den Schultern.
»Du willst dich rächen«, sagte sie erbittert, »und dabei zerstörst du dich.«
Das Kind rief, und sie ging zu ihm ins Zimmer. Dallow schaltete den Fernseher an und setzte sich rittlings auf seinen Stuhl vor das Gerät. Als Elke zurückkam, räumte sie schweigend den Tisch ab und setzte sich gleichfalls hin, um den Fernsehfilm zu sehen. Sie saßen stumm vor dem Apparat und sahen sich nicht an.
»Kannst du nicht vergessen?« fragte Elke unvermittelt.
Dallow brauchte einen Moment, um zu begreifen, wovon sie sprach. »Ich will es nicht«, antwortete er, ohne den Blick vom Fernsehbild zu wenden.
»Tu's dir zuliebe«, sagte sie. Und da er nicht antwortete, fügte sie leise hinzu: »Oder für mich.«
Er sah sie an und schien darüber nachzudenken. Aber alles, was er ihr erwiderte, war: »Was macht die Kleine? Alles in Ordnung?«

Später setzte er sich neben Elke, um sie zu streicheln. Sie wehrte ihn ab, aber bald darauf versuchte er es erneut. Sie bat ihn zu gehen, aber Dallow weigerte sich.
»Morgen früh fahre ich für ein halbes Jahr an die Ostsee«, wandte er ein, »es ist mein letzter Abend.«
Er öffnete die mitgebrachte Weinflasche. Sie tranken und sprachen wenig miteinander.
»Ich habe es ernst gemeint«, sagte Elke, als sie aufstand und den Fernseher ausschaltete, »komm erst wieder, wenn du mit dir im reinen bist.«
»Aber du wirst mich besuchen?« fragte er, ohne auf sie einzugehen.
»Ich weiß es nicht. Das hängt nicht von mir ab.«
Er trat auf sie zu, umarmte sie und knöpfte ihr Kleid auf. Sie ließ es willenlos geschehen, und fast unbeteiligt duldete sie, daß er mit ihr schlief.
Als sie nebeneinander lagen, richtete er sich plötzlich auf, sah sie an und sagte verbittert: »Ich will nichts vergessen, und ich will nichts verzeihen.«
Er stand auf und zog sich an. Als er ging, verabschiedete er sich an der Tür von Elke, ohne sie zu küssen oder zu umarmen.
»Auf Wiedersehen«, sagte er bedeutungsvoll und mit finsterem Gesicht.
Elke lächelte freundlich. Sie wirkte zerstreut, als sie zurückgrüßte.

Am nächsten Morgen warf Dallow nochmals einen Blick in den gepackten Koffer und die Reisetasche, ging durch alle Räume, verschloß sorgfältig die Wohnungstür, übergab den Schlüssel für den Postkasten einer Nachbarin und fuhr los. Am frühen Nachmittag kam er im Dorf seiner Eltern an. Er öffnete das Tor und fuhr auf den Hof. Die Hintertür des Hauses war offen, aber es war keiner daheim. Er ging in beide Ställe und sah in den dahinter liegenden Garten. Dann setzte er sich ins Wohnzimmer und las in der Fernsehzeitung. Eine halbe Stunde später kamen die Eltern. Nachbarn hatten Dallows Auto erkannt und ihnen Bescheid gegeben. Seine Mutter ging in die Küche und wärmte das Mittagessen für ihn auf. Der Vater stellte ihm nur ein paar Fragen, dann ging er wieder aufs Feld. Dallow blieb den Nachmittag über mit der Mutter allein. Um fünf Uhr ging sie zur Milchstelle, um die Kannen entgegenzunehmen. Eine Stunde später kam sie mit ihren Mann zurück. Zu dritt gingen sie in die Ställe, um das eigene Vieh zu versorgen. Dann aßen sie Abendbrot. Die Mutter aß wenig, bot aber Dallow fortwährend etwas an und holte mehrmals Gläser aus dem Keller, die sie in der Küche öffnete und dem Sohn reichte. Der Vater fragte ihn nach seiner Arbeit. Er erzählte, daß er den Sommer über als Kellner arbeiten werde. Dabei sah er, wie seine Mutter die Hand ihres Mannes beruhigend tätschelte. Der Vater fragte nicht weiter. Nach dem Essen gingen sie bald ins Bett.

Dallow schlief spät ein. Ihn bedrückte der körperliche Verfall der Eltern, er hatte vergessen, wie alt sie schon waren. Und er wußte, sie würden den Hof nicht mehr lange halten können. Es strengte sie bereits an, sich zu bewegen.

»Dieser verfluchte Hof«, sagte er laut. Mißmutig starrte er in die Dunkelheit.
Bevor sein Vater das Haus verließ, kam er in Dallows Zimmer, weckte ihn und verabschiedete sich. Dallow richtete sich im Bett auf und gab ihm die Hand. Die beiden Männer waren verlegen. »Ja dann«, sagte der Vater. Er nickte dem Sohn mehrmals aufmunternd zu und verließ das Zimmer.
Als Dallow frühstückte, setzte sich seine Mutter zu ihm und sprach über das Asthma ihres Mannes. Dallow sagte, daß die Gemeindeschwester nicht einen Arzt ersetzen könne und der Vater ins Krankenhaus der Stadt fahren müsse.
»Das sagt deine Schwester auch«, sagte seine Mutter. »Aber was soll ich tun? Er geht nicht zum Arzt.«
Dallow sah seine Mutter bekümmert an, konnte ihr aber nichts antworten. Verlegen blickte er auf die Uhr. »Ich muß losfahren«, sagte er.
Seine Mutter nickte zustimmend und stand auf. Sie ging in die Küche und packte in eine der alten, sorgfältig gefalteten Papiertüten aus dem Dorfkonsum belegte Brote und Wurst ein.

Der Rügendamm war mit Lastwagen verstopft, und Dallow kam nur im Schrittempo voran. Erst als er auf der Insel die Transitstrecke verließ, wurde die Straße leerer. In Schaprode parkte er sein Auto auf einem großen umzäunten Parkplatz direkt am Hafen. Eine Frau in einer Kittelschürze fragte ihn bei der Einfahrt, wie lange er auf Hiddensee bleiben werde.
»Einige Monate«, sagte Dallow.
»Dann fahren Sie hier herüber«, sagte die Frau. Sie lief vor dem Auto her und wies ihm den Platz an.
Er stieg aus, holte sein Gepäck aus dem Wagen und prüfte, ob alle Türen verschlossen waren. An der Schranke des Platzes ließ er sich den Parkschein geben und gab der Frau Geld.
»Werfen Sie ab und zu einen Blick auf meinen Wagen«, bat er die dicke Frau.

Gleichgültig sagte sie: »Der Parkplatz ist bewacht.«
Bis zur Abfahrt der Fähre war noch eine Stunde Zeit, aber an der Anlegestelle standen bereits Urlauber mit Gepäck. Dallow stellte sich zu ihnen. Kinder liefen umher und wurden unentwegt von ihren Müttern ermahnt. Ein kleiner, blasser Mann vermißte einen ihm wichtigen Brief und öffnete mit seiner Frau die Koffer, um sie nach dem Brief abzusuchen. Die Gruppe der Wartenden betrachtete interessiert die eingepackten Habseligkeiten des kleinen Mannes, die vor ihnen ausgebreitet wurden.
Als die Fähre anlegte, wurden sie zurückgedrängt, um für die ankommenden Passagiere einen Durchgang zu schaffen. Ein Schiffer stellte sich an den Steg, der auf die Fähre führte, und verkaufte Fahrkarten. Er fragte Dallow, wo er aussteige, und nannte ihm dann den Preis. Dallow setzte wie die anderen Passagiere sein Gepäck neben dem Einstieg am Bug ab und ging die Treppe hinab. Auf dem Heck fand er einen Sitzplatz. Neben ihm saß eine Einheimische, die auf ein junges Mädchen einredete. Sie sprach mit einer rauchigen Männerstimme und hatte eine stark gebräunte Haut, die wie ausgetrocknet wirkte. Ihr Dialekt gefiel Dallow. Er rauchte eine Zigarette, sah auf das Wasser hinaus und hielt den Kopf leicht geneigt, um ihre Stimme zu hören.
An der Anlegestelle in Kloster ging er an Land. Ein Junge mit einem Fahrrad sprach ihn an und sagte fragend seinen Namen. Dallow nickte. Er stellte Koffer und Tasche auf den ausladenden Gepäckträger über dem Vorderrad, nahm den Jungen den Lenker aus der Hand und sagte: »Gehen wir.«
Sie liefen zur Straße hoch und dann auf einer schmalen Chaussee aus Betonplatten zum Fischerhof hinaus. Die Straße führte auf und ab, und Dallow hatte Mühe, das schwer beladene Fahrrad zu schieben. Anstrengend aber wurde es für ihn erst, als sie auf einem Sandweg ins Hochland aufstiegen. Er versuchte, mit dem vielleicht zwölfjährigen Jungen zu sprechen,

aber dieser beantwortete jede Frage ernsthaft und einsilbig mit ja oder nein. In dem kleinen Wald, der zum Steilufer führte, hielt Dallow an, um sich auszuruhen. Der Junge betrachtete ihn verwundert, sagte aber nichts.

»Ist es noch weit?« fragte Dallow.

»Da ist der Klausner«, sagte der Junge und zeigte auf ein Haus vor ihnen.

Dallow schüttelte schweigend den Kopf. Er stand auf, nahm das Fahrrad und schob es die wenigen Meter weiter bis zum Eingang der Gaststätte.

Es war ein großes, einzeln stehendes Haus mit einem Gartenlokal vor dem Haupteingang. Ein dünner blonder Kellner musterte Dallow von weitem. Dallow nahm sein Gepäck vom Fahrrad herunter, bedankte sich bei dem Jungen und gab ihm das Fahrrad zurück.

»Sie haben bei Harry gelernt?« fragte ihn der Leiter der Gaststätte, nachdem er ihn begrüßt hatte. »Ein guter Mann«, fügte er hinzu. Er war vielleicht fünfzig Jahre alt und trug ein kleines, sauber geschnittenes Bärtchen auf der Oberlippe. Über der rechten Wange, direkt neben der Nase, war ein dunkelroter, pfenniggroßer Fleck, an dem er ständig rieb. Er ließ sich Dallows Papiere geben und blätterte darin. »Sie sind . . .«

»Das war ich«, unterbrach ihn Dallow gelangweilt, »das ist vorbei.«

»Aber Kellner waren Sie auch nicht.«

»Nur aushilfsweise. Bei Harry«, log Dallow und sah ihm dabei in die Augen.

Der Mann nickte. »Die Papiere mache ich Ihnen fertig. Sie bekommen sie in den nächsten Tagen zurück. Können Sie schon heute anfangen? Wir haben Sie bereits für heute eingeteilt.«

»Ich muß zuvor nur etwas essen«, sagte Dallow zustimmend.

»Sprechen Sie mit Karla. Das ist die Frau, die Sie zu mir brachte. Sie zeigt Ihnen auch Ihr Zimmer.«

Er stand auf, stellte sich an das Fenster und sah hinaus.
»Ich hoffe, wir haben keinen Ärger mit Ihnen, Herr Dallow. Ihr Vorgänger wollte etwas zu schnell reich werden.«
»Das ist nicht mein Problem.«
»Das hat Harry mir auch gesagt. Hoffen wir es.« Er wandte sich zu Dallow. »Ach, und noch etwas. Sie müssen vorübergehend das Zimmer mit einem Kollegen teilen.«
»Das war nicht verabredet«, protestierte Dallow; »Sie haben mir am Telefon versprochen ...«
»Ich weiß«, erwiderte der Chef, »aber die Zimmer auf der Insel sind knapp. Ich tu, was ich kann. In zwei Wochen haben Sie ein eigenes Zimmer.«
Karla zeigte ihm das kleine Zimmer, in dem gerade zwei Betten, ein Schrank und zwei Stühle Platz fanden. Er warf Koffer und Tasche auf sein Bett und öffnete den Schrank, in dem fast alle Fächer belegt waren. Die Frau blieb im Zimmer stehen und sah ihm zu. Dann brachte sie ihn in die Küche, holte für ihn ein Mittagessen und zeigte ihm danach das Haus. Sie stellte ihn den Kollegen vor. Der kränklich wirkende Kellner mit den dünnen blonden Haaren, der Dallow bei seiner Ankunft beobachtet hatte, hieß Jochen Rose. Er war der Mann, mit dem Dallow das Zimmer zu teilen hatte.
Der Kellner sah ihn abschätzig an. Er gab Dallow nicht die Hand und sagte statt einer Begrüßung lediglich: »Furzen Sie im Schlaf?«
»Ich weiß es nicht«, antwortete Dallow leise. Er hatte bereits geahnt, daß er mit diesem Mann nicht auskommen würde, als er ihn vor der Gaststätte sah. Er war ihm unsympathisch, und nun wußte er, daß auch der Kellner ihn grundlos haßte.
»Ich werde es Ihnen bald sagen können«, sagte Rose. Dann wandte er sich um und ging zu einem der Tische.
Dallow sah die Frau an, die neben ihn stand und ein Lachen zu unterdrücken suchte. Er verzog die Lippen und ging mit ihr weiter.

In seinem Zimmer packte er seine Sachen aus und verstaute sie in den noch freien Schrankfächern. Dann zog er seinen alten Hochzeitsanzug an und legte sich auf das Bett. Als es für ihn Zeit wurde, den Dienst anzutreten, ging er hinunter und erkundigte sich, ob der Oberkellner inzwischen eingetroffen sei. Er stellte sich vor und ließ sich von ihm den Dienstplan erläutern. Er akzeptierte alles, was ihm der Oberkellner sagte. Von ihm erhielt er einen Schlüssel für die Bonkasse. Dann erklärte ihm der Oberkellner die Einteilung der Reviere.

Dallow setzte sich in die Küche und las aufmerksam die Speisekarte, um sich die Namen und Preise der angebotenen Gerichte einzuprägen, bis jener Kellner, den er ablösen mußte, sich bei ihm meldete.

Dallow schlenderte zwischen seinen Tischen hindurch. Es war noch Vorsaison und ruhig. Seine ersten Gäste waren zwei ältere Damen mit bläulichblonden Haaren, die Kaffee und Likör tranken und die von ihm ausgestellte Rechnung ausführlich kontrollierten, bevor sie ihm das Geld reichten.

Am nächsten Tag meldete er sich beim Chef.

»Geben Sie mir ein anderes Zimmer«, sagte er, »oder ich reise ab. Einen Arbeitsvertrag haben wir noch nicht.«

Der Chef seufzte. »Es ist immer die gleiche Geschichte«, sagte er, »keiner nimmt Rücksicht, keiner kann etwas Verständnis aufbringen.«

Er griff zum Telefon und rief einen Bekannten an. Als er den Hörer auflegte, sagte er bedauernd: »Es wird noch zwei oder drei Tage dauern. Er hatte es mir fest zugesagt, aber das Zimmer ist immer noch belegt.«

Er erkundigte sich, wie Dallow mit der Arbeit zurechtkäme. Dann sagte er: »Geht euch aus dem Weg.«

»Wie kann ich ihm aus dem Weg gehen«, fragte Dallow erbost, »wenn er nachts besoffen ins Zimmer kommt mit einer besoffenen Frau?«

»Ich werde mit ihm sprechen«, sagte der Chef. Aber er sagte es,

ohne selbst davon überzeugt zu sein, teils, weil er den Erfolg einer Aussprache bezweifle, teils, weil er es vorzog, unangenehme Auseinandersetzungen zu vermeiden.
Während der Arbeit achtete Dallow darauf, sich nicht anmerken zu lassen, daß er noch nie in seinem Leben als Kellner gearbeitet hatte. Er tat das Harry zuliebe, aber auch, um keine herablassenden Belehrungen entgegennehmen zu müssen. Er beobachtete aufmerksam die Kollegen, um die fehlende Übung durch Nachahmung wettzumachen. Wenn er auf gelegentliche Fehler aufmerksam gemacht wurde, reagierte er arrogant und mürrisch. Bei seinen Kollegen galt er bald als ein wenig umgänglicher Mensch, aber dadurch übersah man seine Unsicherheiten und die fehlende Berufserfahrung. Und all das war Dallow eben recht. Er wollte nur den Sommer überstehen, der eigenen, ihm nicht völlig erklärlichen Ruhelosigkeit entgehen und der dunklen Drohung des Richters. Das war alles, was ihn bewogen hatte, auf die Insel zu fahren, und er versuchte trotz seiner Tätigkeit, die ihm eine nichtssagende, routinierte Zuvorkommenheit abverlangte, die alte, gründlich geübte und erlernte Abgeschiedenheit für sich persönlich zu bewahren.
Das Zimmer mußte er drei Wochen mit Jochen Rose teilen, ehe ihm eine eigene, ebenso winzige Kammer zugewiesen wurde. Das Verhältnis zu Rose blieb feindselig. In der fünften Nacht kam es zu einer Auseinandersetzung zwischen ihnen. Dallow, von dem wiederum mit einer Frau in dem gemeinsamen Zimmer erscheinenden Kellner geweckt, steigerte sich in seinem Ärger über die nächtliche Störung und beschimpfte das Paar. Die beiden jedoch ließen sich von Dallow nicht stören, gingen zusammen ins Bett und begannen, sich zu lieben. Als Dallow das ihm bekannte Stechen in seiner rechten Hand verspürte, mit dem sich gelegentlich die unerklärliche Verkrampfung seiner Hand ankündigte, stand er auf, zog den überraschten, nackten Rose aus dem Bett und schlug ihn zweimal so kräftig ins Gesicht, daß der Kellner zu Boden stürzte. Dallow ging

danach ins Bett zurück und drehte sich zur Wand. Die Frau, die erst aufgeschrien hatte, jammerte nun leise. Den Geräuschen entnahm Dallow, daß sie sich anzog, den offenbar hilflosen Kellner ins Bett zerrte und schließlich das Zimmer verließ. Am nächsten Morgen vermieden es beide, sich anzusehen. Ein Wangenknochen Roses war stark gerötet. Der Vorfall bewirkte, daß beide kein Wort mehr miteinander wechselten, Dallow aber auch nicht mehr von Roses Damenbekanntschaften gestört wurde.

Fünfzehn Tage später zog er in sein eigenes Zimmer, eine Dachstube der Gaststätte. Er schrieb Elke und lud sie und das Kind ein, ihn zu besuchen. Sie antwortete ihm ausweichend. Er wiederholte die Einladung und bat sie dringlicher. Doch wieder hatte er zwei Wochen zu warten, bevor sie ihm antwortete und einen möglichen Besuch frühestens für Ende August in Aussicht stellte.

Seine freie Zeit, es waren zumeist die Vormittage, verbrachte er an einem schwer zugänglichen Teil der Küste im Nordosten der Insel. Er nahm stets Bücher mit, las aber selten mehr als ein paar Seiten. Er war ausreichend damit beschäftigt, zu schwimmen und sich von der Sonne wärmen zu lassen. Oder er sah auf das Meer hinaus, auf das wechselvolle Spiel der Wellen, auf die unendlichen und sich nie wiederholenden Bewegungen des Wassers. Dieser einfachen Vergnügungen wurde er nie müde, und jeden Tag brach er erst in der letzten Minute auf, um zur Gaststätte zu gehen, sich mit seinem Kellneranzug zu kostümieren und den Dienst anzutreten. Jeden zehnten Tag hatte er frei. Dann ließ er sich von der Fähre übersetzen, holte sein Auto vom Parkplatz und fuhr in nahegelegene Städte, um einzukaufen. Oder er suchte nach abgelegenen Landstraßen, die weder von Touristen noch von den übergroßen Erntefahrzeugen versperrt waren, um dort mit herabgelassenen Fenstern und laut aufgedrehtem Autoradio entlangzurasen und dem alten Auto abzuverlangen, was es noch leisten konnte.

Häufiger aber brach er an diesen freien Tagen zu Wanderungen quer über die ganze Insel auf. Zweimal gelang es ihm, den gesperrten Teil der Insel zu begehen und am Gellenstrom entlang bis zum Gellerhaken zu gelangen, so daß er an diesen beiden Tagen die gesamte Insel umschreiten konnte. Er beobachtete die seltenen Vögel und registrierte mit gleicher Teilnahmslosigkeit die wechselnden Farben des Himmels und ihre Entsprechungen auf dem spiegelnden Wasser, und mit der langsam spürbar werdenden Ermüdung erfüllte ihn ein Gefühl alles umfassender Gleichgültigkeit. Fasziniert betrachtete er die Windflüchter, jene vom Wind bizarr verformten Bäume. Dallow erschienen sie wie Gewächse, die ihren ständigen Demütigungen erlegen waren und eine ihn anrührende Form gefunden hatten, mit ihrer Bedrückung zu leben. Der gerade Weg ist das Labyrinth, erinnerte er sich und lächelte. Das Wort erschien ihm zu angestrengt und unangemessen aufwendig. Er sah auf das Wasser hinaus und dachte, daß alles sehr viel einfacher sei. Und gelassen und zufrieden setzte er seinen Weg fort, lief den Strand entlang und durch das dürre Heidekraut, wich Spaziergängern weiträumig aus und kehrte in der einbrechenden Dämmerung in sein Quartier zurück. Die einzeln stehenden Häuser und Katen setzten um diese Zeit kleine Lichter in die jetzt düster und unzugänglich wirkende Heide.

Die Arbeit in der Gaststätte langweilte ihn, aber er war beschäftigt und abgelenkt und verdiente viel Geld, mehr als er je in seinem Leben zuvor erhalten hatte. Wichtiger als Kenntnisse waren in diesem Beruf die Erfahrungen, und er hatte sich bald an die Tätigkeit gewöhnt. Die Gäste, die er zu bedienen hatte, waren fast ausnahmslos Urlauber, geduldig wartend, bis ein Tisch für sie frei wurde, und ebenso geduldig wartend, bis ein Kellner erschien, um ihre Bestellung entgegenzunehmen, dankbar für jede Freundlichkeit und jeden Scherz. Es waren zumeist ältere Leute, alte Ehepaare und einsame Frauen, die am

Tage den Strand entlang oder über die Insel spazierten. Die Abgeschiedenheit der Insel, die fehlenden Bars und Möglichkeiten der Unterhaltung hielten Besucher fern, die sich nicht mit der kargen Landschaft, einem steinreichen, schmalen Strand und den beständigen, nach Salz schmeckenden Winden zufrieden gaben. Es waren nur wenige junge Leute zu sehen, einige Studenten und junge Paare, die mit Kleinkindern und viel Gepäck erschienen und beständig mit Katastrophen zu kämpfen hatten, die ihre Kinder verursachten.

Manchmal sprachen ihn Gäste an, fragten nach seiner Arbeit, beneideten ihn um seinen langen Seeaufenthalt, erkundigten sich nach freien Quartieren. Dallow vermied es, Bekanntschaften zu machen und antwortete freundlich, doch ausweichend.

Viermal in dem Sommer auf Hiddensee traf er Bekannte. Der erste war einer seiner früheren Studenten. Dallow sah ihn, bevor dieser ihn erkannte, und war darauf vorbereitet, von ihm angesprochen zu werden.

»Doktor Dallow«, rief der ehemalige Student, als er an ihm vorbeiging. Dallow ging, ohne nur einen Moment innezuhalten, weiter.

Der junge Mann rief ihm hinterher, um ihn zu begrüßen. Von Dallows abweisendem Unverständnis irritiert, äußerte er schließlich die Vermutung, sich geirrt zu haben. Er entschuldigte sich und sprach von einer erstaunlichen Ähnlichkeit, die ihn dazu verführt hatte, ihn anzusprechen. Dann erkundigte er sich nochmals, ob sein Gegenüber nicht Dr. Dallow aus Leipzig sei, der ihn zwei Jahre unterrichtet habe. Dallow beantwortete die Frage nicht, äußerte Unverständnis und ging. Der Student sah ihm unschlüssig nach, sprach ihn aber nicht mehr an.

An einem Mittwoch sah Dallow einen der beiden Männer, die ihn in Leipzig immer wieder belästigt hatten. Müller oder Schulze, dachte er. Dann ging er an den Tisch, an dem der Mann mit seiner Frau und einem Jungen saß und fragte ihn: »Müller oder Schulze?«

»Müller«, gab der Mann bereitwillig Auskunft. Dann erst erkannte er Dallow und wurde verlegen. Mit fahrigen Bewegungen griff er nach seiner Tasse, stellte sie jedoch sofort auf den Tisch zurück, sah zu seiner Frau, dann zu Dallow.
»Guten Tag, Herr Müller«, sagte Dallow, nickte ihm freundlich zu und verließ den Tisch.
Er sah Müller nicht wieder. Wahrscheinlich war er einer jener Urlauber, die für einen Tag auf die Insel kamen. Mit der ersten Fähre landeten sie und breiteten sich wie Heuschreckenschwärme über der Insel aus. Sie besetzten die Gaststätten, drängelten sich in den kleinen Läden der Dörfer, fotografierten den Leuchtturm, standen nach Eis an und stellten sich am späten Nachmittag am Hafen auf, um für die Rückfahrt einen Sitzplatz auf der Fähre zu erobern.
Das kleine Zimmer, das Dallow bewohnte, war spärlich möbliert, dennoch konnte er sich darin kaum bewegen, da die wenigen Möbel den engen Raum ausfüllten. Er kaufte sich eine Tischlampe, da die altertümliche Wandleuchte mehr die Zimmerdecke erhellte als den Raum und er bei diesem diffusen Licht nicht lesen konnte. Wenn er ins Bett gehen wollte, mußte er den niedrigen Tisch gegen den Kleiderschrank schieben, um das Sofa zur Liege umzuklappen. Das Sofa war alt, und der grüne Bezug an mehreren Stellen so fadenscheinig, daß die weißliche Füllung sichtbar wurde. Als Dallow beim Einzug darauf hinwies, erwiderte Karla, die in der Gaststätte eine Art Hausfaktotum war: »Es ist zweischläfrig.«
Sie sagte es ohne jeden Unterton, als eine sachliche Feststellung, und Dallow verstand nicht, wieso das eine Antwort auf seinen Einwand war, aber bald begriff er, was Karla ihm zu verstehen gehen wollte.
Die erste Bekanntschaft ergab sich wenige Tage nach seinem Einzug in die Dachkammer. Zwei Studentinnen saßen an einem der Tische, die er zu bedienen hatte, und fragten nach einem Quartier, weil sie die letzte Fähre verpaßt hatten. Dal-

low bedauerte, ihnen nicht helfen zu können. Er scherzte mit den beiden Mädchen und sagte, daß er in seinem kleinen Zimmer nur eine von ihnen unterbringen könne. Die Mädchen kicherten, bezahlten und gingen bald danach. Zwanzig Minuten bevor die Gaststube schloß, saß eins der Mädchen wieder an dem Tisch. Dallow erkannte und begrüßte sie überrascht. Als er sie nach ihren Wünschen fragte, sagte sie: »Ich nehme das Zimmer.« Sie lächelte Dallow an, der einen Moment benötigte, um zu verstehen. Dann sagte er ihr, wo sie vor dem Haus warten solle.

Nachdem die Gaststätte geschlossen war und die Tische abgeräumt, suchte er das Mädchen und brachte sie auf sein Zimmer. Sie entkleidete und wusch sich vor ihm mit größter Natürlichkeit. Dallow beobachtete sie interessiert und noch immer verwundert.

»Habe ich dich überrascht?« fragte sie, als sie zu ihm ins Bett kam.

»Ja«, gestand er freimütig, »aber ich bin darauf vorbereitet. Schließlich habe ich meinen zweischläfrigen Freund.« Dabei klopfte er auf das Sofa.

Das Mädchen lachte und sagte, sie heiße Margarete.

»Der Name gefällt mir«, sagte Dallow, »ein schöner Name für eine so schöne Angelegenheit.«

Er legte seinen Kopf auf ihre Brüste und streichelte sie.

Das Mädchen blieb drei Nächte bei Dallow. Ihre Freundin hatte gleichfalls ein Quartier gefunden. Auf Dallows Frage sagte Margarete: »Sie ist jedenfalls nicht so gut untergekommen wie ich.«

Beide Mädchen saßen abends in der Gaststätte an einem seiner Tische und ließen sich von ihm bedienen und freihalten.

Als von Elke die erste, ausweichende Antwort auf seine Einladung, ihn auf der Insel zu besuchen, eintraf, ließ er häufiger Mädchen in seinem Zimmer nächtigen. Es kostete ihn keine Mühe und bedurfte keiner Überredungskünste, ein Mädchen für sein zweischläfriges Sofa zu finden. Alles, was er zu tun hatte, war lediglich, nicht nein zu sagen, wenn er nach einem Quartier gefragt wurde. Er bemerkte bald, daß sogar Mädchen auf der Insel ankamen, die sich nach ihm erkundigten. Freundinnen hatten ihnen seinen Namen und seine Adresse gegeben. Dallow amüsierte es, als möbliertes Zimmer mit Herrn gehandelt zu werden. Es kam sogar vor, daß er entsprechende Angebote ablehnen mußte, weil sein zweischläfriger Freund bereits gebucht war.

Er unterhielt sich viel mit den Mädchen, da ihm ihre unbekümmerte Sorglosigkeit gefiel und gleichzeitig irritierte. Er begriff nicht, wieso diese Mädchen nur um eines begehrten Quartiers auf der Insel willen sofort bereit waren, mit ihm ins Bett zu gehen, jedoch gelangte er nur zu der ihm selbst banal erscheinenden und nichtssagenden Antwort, daß diese Mädchen zu einer anderen Generation gehörten. Er war, sagte er sich, weder für diese Generation noch für die einzelnen Mädchen verantwortlich. Er genoß die so leicht erhaltenen Liebesdienste, wurde wählerisch, erteilte Zusagen in der Gaststätte erst nach ausführlicher Betrachtung seiner möglichen Bettgäste, unterließ es auch bald, die Mädchen an seinen Tischen freizuhalten und achtete ausnahmslos darauf, daß keine von ihnen länger als zwei oder drei Nächte blieb. Mehrmals ließ er gleichzeitig zwei Mädchen bei sich nächtigen, mußte aber auf diesen Reiz bald verzichten, da er von einer Küchenfrau, die im Nachbarzimmer wohnte, empört und lautstark zur Rede gestellt wurde. Ernsthafte Gespräche mit den Mädchen vermied er. Er liebte es, wenn sie von ihrem Leben und ihren Ansichten erzählten, und hörte ihnen dann schweigend und belustigt zu. Er genoß ihr Geplauder und ihre Naivität. Versuchte ein Mädchen mit ihm zu diskutieren, lächelte er lediglich und streichelte sie dann beruhigend.

Als in der zweiten Augusthälfte die verbündeten Truppen des Warschauer Paktes in der Tschechoslowakei einmarschierten

und die Ereignisse auch auf der Insel erregt und leidenschaftlich erörtert und beständig die Berichte im Rundfunk und Fernsehen beredet wurden, äußerte Dallow, wenn eins der Mädchen ihn darauf ansprach, höfliches Desinteresse und allenfalls überraschte Verwunderung.
Von dem Einmarsch der Truppen in Prag hörte er, als er am frühen Vormittag wach wurde, im Bett liegend den Vorhang vor dem offenen Fenster beiseite schob und das Radio anstellte. Neben ihm lag eine Studentin, die er seit zwei Tagen beherbergte, ein etwas fülliges, sehr kleines Mädchen, das fassungslos die Nachrichten verfolgte. Anschließend verlas ein Nachrichtensprecher eine Mitteilung der Agentur TASS. Dallow stellte das Radio ab, aber das Mädchen bat ihn, das Gerät wieder einzuschalten. Sie hörte atemlos dem Sprecher zu und wehrte Dallow ab, der sie zu streicheln versuchte. Verwundert bemerkte er, daß sich die Augen der Kleinen mit Tränen füllten. Er wollte sie beschwichtigen, aber auch das verwehrte sie ihm, stand auf, stellte sich ans Fenster und hörte bewegungslos dem Radiosprecher zu, der das amtliche Kommuniqué mit gleichförmiger Stimme verlas. Dallow sah, daß das Mädchen heftig weinte. Anfangs belustigte es ihn, aber je länger er sie ansah, um so unwirklicher und anrührender erschien sie ihm. Dieses halbnackte weinende Mädchen mit den dicken Beinen, die ihren Kopf gegen den Fensterflügel lehnte und einer emotionslos wirkenden Radiostimme lauschte, über deren Rücken in fast regelmäßigen Abständen ein Zittern lief und die mit hilflosen Gebärden der Hand sich die Tränen abwischte, erregte Dallow. Er ging zu ihr, nahm ihr das Laken weg, das sie vor der Brust hielt, und trug sie zum Bett. Sie ließ es willenlos geschehen, und er schlief mit ihr, während der Radiosprecher ein zweites, heroisch klingendes Kommuniqué verlas.
Als er endlich das Radio ausstellen durfte, forderte das Mädchen Dallow auf, etwas zu sagen. Aber er zuckte nur mit den Schultern und fragte sie, was sie frühstücken wolle.

Das Mädchen wollte umgehend nach Berlin fahren, um sich dort mit Freunden zu treffen. Dallow versuchte, sie davon abzubringen. Für einen Tag sollte sie noch auf der Insel bleiben, ihr Tränenausbruch hatte ihn gerührt, und er wollte eine weitere Nacht mit ihr schlafen, aber sie wiederholte nur immer, daß man irgend etwas unternehmen müsse.
»Ich kann nicht verstehen, daß dich so etwas kalt läßt«, sagte das Mädchen entsetzt.
»Ich bin nur Kellner«, gab Dallow zu bedenken.
Das Mädchen protestierte. »Du bist ein lebendiger Mensch, du bist . . .«
Dallow unterbrach sie und wandte freundlich ein: »Und früher war ich ein Tangospieler. Aber das ist lange her.«
Das Mädchen fühlte sich verspottet, sah ihn böse an, erwiderte aber nichts.
Mittags brachte er sie zum Hafen. Als sie bereits die Karte für die Fähre gelöst hatte, versuchte er ein letztes Mal, sie zu überreden, wenigstens noch für einen Tag auf der Insel zu bleiben. Er befürchtete, die Kleine könnte in Berlin irgend etwas anstellen, das gefährlich für sie wäre oder doch mit ärgerlichen Folgen verbunden. Überdies war ihm der Gedanke, daß dieses dicke kleine Mädchen ihn in dem Moment verließ, da sie ihn wirklich interessierte und erregte, unangenehm. Sie lehnte schweigend ab. Dallow spürte belustigt, daß sie ihn jetzt verachtete, und bekam Lust, mit ihr zu schlafen.

Das Verhältnis zu seinen Kollegen verschlechterte sich im Verlauf des Sommers. Da sein Zimmer im Dachgeschoß der Gaststätte lag, war es nicht zu vermeiden, daß alle über seine zahlreichen Frauenbekanntschaften informiert waren, zumal er jeden Morgen beim Frühstück das jeweilige Mädchen den anwesenden Kellnern und Küchenfrauen vorführen mußte, wenn er es vermeiden wollte, in seinem engen Zimmer zu essen. Die Küchenfrauen gaben nur verärgerte, spitze Bemerkungen von sich oder machten ihm Vorwürfe, zumal einige Mädchen ihnen kaum volljährig erschienen, doch zwei Kellner beschwerten sich über Dallows Liebesleben bei ihrem Chef. Eines Tages mußten Rose und er beim Gaststättenleiter erscheinen, der verlegen um etwas mehr Zurückhaltung bat, aber, da keiner der beiden etwas erwiderte, sie bald und ergebnislos gehen ließ. Das Gerede und die Vorwürfe störten Dallow nicht, unangenehm war ihm lediglich, daß man ihn mit Jochen Rose in einem Atemzug nannte. Aber er sagte nichts.

Alles, was Dallow nach diesem Gespräch tat, war, Elke zu schreiben und sie zu bitten, nicht zu kommen. Er sagte ihr ab, weil er sich über ihre ausweichenden Antworten ärgerte, aber auch, weil er befürchtete, die verärgerten Kollegen könnten ihr mehr von seinem Leben auf der Insel erzählen, als er selbst beabsichtigte. Er schrieb, er habe für sie kein Quartier und sehe keine Möglichkeit, sie auch nur für eine Nacht auf Hiddensee unterzubringen.

Am 3. September rief Barbara Schleider an, sie scherzte mit ihm, sprach von Veränderungen und deutete eine Geschichte an, von der sie am Telefon nichts erzählen wolle. Schließlich verband sie ihn mit Sylvia, die Dallow zu sprechen wünsche. Auch Sylvia erkundigte sich, wie es ihm gehe. Dann fragte sie, wann er zurückkehre. »In ein, zwei Monaten vielleicht«, sagte Dallow, »ich weiß es noch nicht.«

»Und was wirst du dann machen?« fragte sie.

»Ach Gott«, sagte Dallow, »darüber habe ich noch nicht nachgedacht.«

Sie sagte, sie müsse ihn sprechen, und fragte, ob er ihr für den nächsten Tag ein Quartier besorgen könne.

»Das Bett für dich steht schon bereit«, sagte er.

Sylvia lachte. »Nein«, sagte sie, »das meine ich nicht. Ich suche ein Bett, in dem ich schlafen kann.«

Dallow versprach ihr, sich darum zu kümmern, und beschrieb ihr, wo sie ihn auf der Insel finden würde

Am nächsten Nachmittag kam sie in die Gaststätte. Dallow gab ihr eine Adresse, wo sie übernachten könne. Er verabredete sich mit ihr nach Dienstschluß.
Abends setzten sie sich an einen Tisch der leeren Gaststätte. Sie tranken Wein, und Sylvia spottete über seine Kellnerkleidung. Dann fragte sie ihn, ob er bereit wäre, als Dozent an das Institut zurückzukehren.
Dallow war überrascht. »Als Dozent?« fragte er.
Sylvia nickte. »Und das beste wäre, du fängst morgen in Leipzig wieder an.«
»Und Roessler ist damit einverstanden?« fragte Dallow ungläubig.
Sie lächelte. Dann sagte sie: »Ich weiß es nicht. Wir haben ihn nicht gefragt.«
Dallow schwieg und wartete auf eine Erklärung.
»Er hat Pech gehabt«, sagte sie nach einer Pause. Und dann erzählte sie, daß Roessler am Tag des Einmarsches der verbündeten Truppen in Prag um sieben Uhr morgens eine Vorlesung zu geben hatte. Der Vorlesungsbeginn verzögerte sich, da die Studenten ihn mit Fragen zu den nächtlichen Ereignissen bestürmten. Der ahnungslose Dozent fragte mißtrauisch nach der Quelle dieser Nachrichten, und die Studenten räumten ein, daß sie ausschließlich westliche Rundfunkstationen gehört hatten. Daraufhin erklärte Roessler, die Meldungen über einen Einmarsch in Prag seien nichts als eine erneute westliche Provokation, schloß militärische Maßnahmen gegen die befreundete Tschechoslowakei kategorisch aus und berief sich dabei auf ältere Zeitungsmeldungen und Kommentare von Staat und Partei. Die Unglaubwürdigkeit der westlichen Nachrichten zeige sich, wie Roessler länger ausführte, an der Meldung, daß auch Truppen der DDR in dem Nachbarland einmarschiert seien. Diese Meldung empfinde er, wie Roessler den Studenten sagte, als besonders widerlich und empörend, da aus politischer und geschichtlicher Verantwortung niemals deutsche Soldaten

an einen Einmarsch in Prag teilnehmen könnten. Nach der Vorlesung brachte ihm ein Student eine Tageszeitung, deren Titelseite von einer TASS-Mitteilung beherrscht wurde. Nach Aussage der Studenten habe Roessler das Kommuniqué leichenblaß gelesen und schweigend den Raum verlassen. »Er ging anschließend sofort zur Universitätsleitung, um von seinem Mißgeschick und Fehler zu berichten. Er erfuhr dort, daß man von dem Vorfall in seiner Vorlesung bereits informiert war. Sechs Stunden später war er von seinem Amt suspendiert.«
Dallow schüttelte den Kopf. »Ich kann es einfach nicht glauben«, sagte er, »daß auch Roessler sich die Beine brechen kann. Er war doch immer so klug.« Beide lächelten versonnen.
»Ich will nicht sagen, daß es mir das Herz abdrückt«, sagte Dallow dann, »aber wo steckt Roessler heute?«
»Er arbeitet als Assistent bei uns. Vorläufig darf er keine Vorlesungen halten.«
»Besser als Knast«, sagte Dallow und lächelte zufrieden.
»Und jetzt braucht ihr mich«, fuhr er fort. Er konnte den Triumph in seiner Stimme kaum unterdrücken. Sylvia nickte.
»Ich werde es mir überlegen«, sagte er.
»Wie lange brauchst du?«
Dallow lachte auf, als er sah, daß sie dabei auf ihre Uhr blickte. Er versprach ihr, sich bis morgen früh zu entscheiden. Sie tranken den Wein aus, sprachen über Roessler und die Universität, dann brachte er sie zu ihrem Quartier. Unterwegs fragte er sie nochmals nach jener Pyjamaparty vor mehr als zwei Jahren, aber Sylvia lachte ihn aus und sagte, sie wisse von nichts, er müsse es geträumt haben.
Dallow schlief bald ein. Für ihn gab es nichts zu entscheiden, und er schlief ruhig und traumlos.
Am Morgen ging er zum Chef und bat um einen sofortigen Aufhebungsvertrag. Er sagte, aus familiären Gründen müsse er umgehend abreisen. Der überraschte Leiter unterschrieb nach anfänglichem Zögern das Papier.

Als Sylvia zur Gaststätte kam, saß Dallow bereits reisefertig an einem der Gartentische. Er stand auf und ging ihr entgegen. Mit einem zufriedenen Lächeln nahm sie sein Gepäck wahr.
»Eine Bedingung«, sagte Dallow, als sie sich an den Tisch setzten. Mit einem Finger fuhr er auf dem Rand eines leeren Bierglases entlang. Dann sagte er: »Keine Vorlesungen früh um sieben.«
Sylvia lachte. »Daran wird keiner mehr interessiert sein.«
Am frühen Nachmittag landeten sie in Schaprode und stiegen in ihre Autos.
Kurz vor Rostock staute sich der Verkehr, da ein Armeetransport ihnen entgegenkam. Ein vorausfahrender Kraftfahrer bedeutete ihnen, an den Straßenrand zu fahren und anzuhalten. Dallow öffnete die rechte Wagentür und stellte die Musik lauter. Er sah zu, wie die großen gepanzerten Fahrzeuge langsam an ihm vorbeirollten. Ein Schützenpanzerfahrzeug blieb zehn Meter vor ihm stehen, er sah das blasse, übernächtigte Gesicht des jungen Soldaten. Halbe Kinder, dachte Dallow. Er starrte den Soldaten an, der offenbar Mühe hatte, die Augen offen zu halten. Er stellte sich vor, der Junge würde die Gewalt über den Panzerwagen verlieren. Er sah, wie der Eisenkoloß plötzlich aus der Reihe brach und sich mit schlingernden Bewegungen auf ihn zu bewegte. Die riesigen Reifen rollten langsam heran und drückten dann die Fensterscheiben des kleinen Autos ein. Das Panzerfahrzeug schob Dallow in seinem Wagen vor sich hin, stieß ihn in den Straßengraben und überrollte ihn schließlich. Er sah sich selbst zu, wie er in seinem sich überschlagenden Wagen ruhig sitzen blieb, die verkrampfte, schmerzende Hand um den Lenker gekrallt, bis er, noch immer lächelnd, in dem Auto zerquetscht wurde.
Dallow träumte mit offenen Augen, während die Armeefahrzeuge bereits wieder weiterfuhren. Er stellte sich die Szene so lebhaft vor, daß er schwitzte. Er bemerkte das Zittern seiner rechten Hand und nahm sie vom Steuer, aber schon nach

einigen Sekunden ließ das Zittern nach, der befürchtete Krampf blieb aus.
»Das hätte es sein können«, sagte Dallow laut zu sich und massierte die Hand. »Vielleicht war's meine letzte Chance.«
Als ein zweiter Kraftfahrer das Ende des Transports signalisierte, winkte er Sylvia zu, startete den Wagen und lenkte ihn auf die Straße. Die bereits niedrig stehende Septembersonne blendete ihn, und er klappte den Sonnenschutz herunter. Zwei Stunden später waren sie auf der Autobahn, und Dallow beschleunigte das Fahrzeug, wobei er sich im Rückspiegel vergewisserte, daß Sylvias Auto nicht zurückblieb.
Um sieben Uhr abends waren sie in Leipzig. Sie verabschiedeten sich mit Blinkzeichen. Dallow fuhr nach Hause, stellte das Gepäck im Wohnungsflur ab, schaltete den Fernseher an und ging ins Bad, um sich lange zu duschen. Dann setzte er sich mit einer Flasche Wodka an das Klavier. Er hatte den Ton des Fernsehers abgedreht und sah auf die sich bewegenden Bilder. Er spielte laut und wild die kleinen, ihm geläufigen Klavierstücke von Chopin und sah dem stummen Film seines Fernsehgerätes zu, der Soldaten zeigte, die von der Bevölkerung begrüßt und offenbar von Armeegenerälen besucht wurden. Frauen mit kleinen Kindern auf den Arm warfen Blumen zu den auf ihren Panzern sitzenden Soldaten, andere Bilder zeigten Prager Bürger im freundschaftlichen Gespräch mit den Soldaten. Dallow trank in kurzer Zeit die Flasche aus, stellte den Fernseher ab und ging ins Schlafzimmer. Bevor er sich auszog, prüfte er die Klingel des Weckers und stellte ihn dann. Er wollte am nächsten Morgen pünktlich im Institut sein.